Erinnerungen an Innsbruck

Band 1:

Kindheit in Pradl

4. Auflage 2023

Museumstraße 4, A-6020 Innsbruck

Projektleitung, Produktion und Rechte: Universitätsverlag Wagner,
Erlerstraße 10, A-6020 Innsbruck
Satz: Da-TeX Gerd Blumenstein, Leipzig
Umschlag: Stefan und Johanna Rasberger, www.labsal.at
Umschlagbild: Rapoldipark Innsbruck, Tiroler Landesmuseum,
Bibliothek, Postkartensammlung
Fotos Innenteil: David Wallinger (wenn nicht anders angegeben)

Gedruckt auf umweltfreundlichem, chlor- und säurefrei gebleichtem
Papier.

ISBN 978-3-7030-0965-5

Bibliografische Information der Deutschen Nationalbibliothek
Die Deutsche Nationalbibliothek verzeichnet diese Publikation in
der Deutschen Nationalbibliografie; detaillierte bibliografische Daten
sind im Internet über <http://dnb.dnb.de> abrufbar.

Josef Wallinger

Kindheit in Pradl

Für meinen Vater,
der Pradl mit viel Leben erfüllte.

VORWORT

Spätestens seit Sigmund Freud gilt die Kindheit als die prägendste Phase im Leben eines Menschen, ob es sich nun um traumatische Erlebnisse oder aber auch um positive Erfahrungen handelt, sie wirken alle zusammen und formen den Charakter. Irgendwann einmal stellte sich bei mir das Bedürfnis ein, Pradl, den Stadtteil meiner Kindheit, in seiner ganzen Buntheit, Vielfalt und Liebenswürdigkeit in Form einer längeren Beschreibung wiederauferstehen zu lassen. Da meine Mutter immer noch in der Pradler Straße wohnt und auch meine Schwester mit ihrem 6-jährigen Sohn immer noch in diesem Stadtteil lebt, gab und gibt es genügend Anlässe, mich bei meinen Besuchen an vergangene Zeiten zu erinnern.

Warum aber ein solcher Text im Jahr 2017? Da gibt es wohl mehrere Gründe. Der erste davon ist, dass es großes Vergnügen bereitet, eine längere Zeitreise durch die Kindheit anzutreten, alte Stätten zu neuem Leben zu erwecken, schönen Erinnerungen nachzuhängen und an die Menschen zu denken, die damals im Mittelpunkt des eigenen Lebens standen. Für ein Kind bedeutet Leben in erster Linie das gemeinschaftliche Erleben in der Familie. Bei meiner Zeitreise fielen mir dazu immer wieder Erlebnisse ein, die ich mit meinen Eltern und Pradl verbinde und mir als Mosaiksteine für das Gesamtbild des Stadtteiles dienten.

Es ist nicht beabsichtigt, hier im Detail die Geschichte meiner Familie zu erzählen, ebenso wenig möchte ich aber meine Familie vollkommen aus dem Spiel lassen. Ich war Teil dieser Familie, und in den ersten achtzehn Jahren meines Lebens, die ich in Pradl verbrachte, versuchten wir gemeinsam, einigermaßen über die Runden zu kommen.

Ein weiteres Motiv für diesen Rückblick ist sicher die faszinierende Vielfalt, die Pradl damals bot und die, mit deutlichen Abstrichen wahrscheinlich, diesen Stadtteil sicherlich auch heute noch auszeichnet. Um die Unterschiede herauszustreichen, erschien es mir sinnvoll und auch erhellend, in einem etwas ausführlicheren Schlussteil – aus der Entfernung des gelegentlichen Besuchers – noch einen Blick auf das heutige Pradl zu werfen, um so interessante Veränderungen und deren mögliche Gründe sichtbar zu machen. In einem größeren Zusammenhang ergibt sich dadurch die Möglichkeit, anhand eines Stadtteils einer mittelgroßen Stadt wie Innsbruck zu erkennen, wie sehr sich das Leben in unserer westlich-industrialisierten Gesellschaft verändert hat. Ich darf Sie, geschätzte Leserinnen und Leser, aber nun bitten, mir auf meiner Zeitreise durch das Pradl der sechziger und siebziger Jahre zu folgen.

DIE PRADLER STRASSE ALS HERZSTÜCK DES STADTTEILS PRADL

Was die Hauptstadt für ein Land ist, ist die Hauptstraße für einen Stadtteil, nämlich ein Zentrum, in dem es die wichtigsten und meisten Einrichtungen gibt, die die Menschen für ihr tägliches Leben benötigen. Tatsächlich war die Pradler Straße das Herzstück, und die angrenzenden Straßen fungierten als Arterien, die die Bewohner mit Nahrung und allen anderen für das Leben notwendigen Gütern versorgte. Eine kurze Begehung der Pradler Straße in der Zeit meiner Kindheit von ca. 1960 bis zur Mitte der 1970er Jahre soll illustrieren, wie sich dort das Leben abspielte, welche Geschäfte, aber auch welche interessanten Charaktere es in dieser traditionsreichen Einkaufsstraße, im besten Sinne des Wortes, gab. Die Bedeutung der Hauptstraße wurde übrigens auch dadurch unterstrichen, dass das wichtigste Verkehrsmittel, die Straßenbahnlinie 3, durch den südlichen Teil der Pradler Straße führte.

Die Endstation der Linie 3 befand sich damals noch im Bereich Amraser Straße – Langstraße (Foto: Tiroler MuseumsBahnen).

Nehmen wir nun an, wir sitzen in der Straßenbahnlinie 3 und fahren, von der Amraser Straße kommend, in die Pradler Straße ein, so gab es dort auf der linken Seite, Richtung Westen, eine Filiale der Sparkasse Innsbruck. Dorthin konnten wir Kinder immer am 31. Oktober unsere Sparbüchsen bringen, die dann von einem Kassier entleert wurden. Nachdem die Groschen und Schillinge gezählt und ein, meist bescheidener, Gesamtbetrag ermittelt worden war, gab es dann zum Beispiel ein kleines Plüschtier oder jenes kleine Spielzeug mit dem bezeichnenden Namen „Sparefroh" als Geschenk für den braven Sparer.

MÄRCHENSTUNDE BEI HERRN HANNIG

Ein paar Häuser weiter befand sich der Friseurladen von Herrn Hannig, auf den ich nun etwas näher eingehen möchte. Die Kinder wurden von ihren Eltern bei diesem sehr freundlichen älteren Herrn mit weißem, schütterem Haar, schon etwas lückenhaften Zähnen und einer dicken Hornbrille abgegeben und dann von diesem sogleich auf einen in der Mitte des Raumes befindlichen Drehsessel verfrachtet. Herr Hannig gab dem Sessel mit dem darauf sitzenden Kind einen kräftigen Dreh, so dass dieses nach oben geschraubt wurde, so lange, bis es die richtige Höhe hatte, um von Herrn Hannig frisiert zu werden. Einleitend hieß es, bei mir jedenfalls, stets: „Wir machen einen Fassonschnitt, gell, wie immer!" Herr Hannig begutachtete einen dann genau, wobei seine Augen durch das dicke Brillenglas überdimensional groß wirkten. Schon begann er mit seinem Werkzeug, einer Schere, einige Luftschnitte zu machen, so als wollte er deren Funktionstüchtigkeit ausprobieren, um schließlich ans Werk zu gehen. Die meisten Kinder, so auch ich, waren wohl ziemlich aufgeregt, da sie ja doch, ohne ihre Eltern, mehr oder weniger dem Wohlwollen eines fast fremden Menschen ausgeliefert waren. Herr Hannig begann deshalb stets, sozusagen als vertrauensbildende Maßnahme, mit dem ersten Schnitt ein Märchen zu erzählen, um so die Aufmerksamkeit seiner kleinen Kunden auf einen Nebenschauplatz zu lenken, was es ihm leichter machte, seine Arbeit ohne irgendwelche Panikreaktionen seitens des kleinen Kunden zu erledigen. Bei jeder spannenden Wendung in der Geschichte hielt Herr Hannig kurz inne, blickte den fasziniert Lauschenden mit seinen durch die Brille vergrößerten Riesenaugen an und fragte zum Beispiel: „Na, wie wird das wohl ausgehen mit dem Schneewittchen“?, nur um dann, eifrig weitererzählend, seine eigentliche Arbeit fortzusetzen. Er hatte sich wohl meist Geschichten ausgesucht, die ungefähr so lange dauerten wie ein Haarschnitt. Als es dann hieß: „So, Ende gut, alles gut“, ging er auch schon und holte einen Handspiegel, um dem meist noch geistig in der Geschichte gefangenen Kind das Ergebnis seiner eigentlichen Tätigkeit – den angekündigten Fassonschnitt – zu präsentieren. Daraufhin gab er dem Stuhl wieder einen Dreh, diesmal in die andere Richtung, und das Abenteuer Haarschnitt bei Herrn Hannig war für diesmal beendet.

Irgendwann einmal, da war ich schon ein Jugendlicher, gab es plötzlich den Friseurladen nicht mehr. Herr Hannig war wohl gestorben, und viele Pradler Kinder trauerten aufrichtig um ihren liebevollen Märchenonkel.

Ziemlich genau gegenüber dem Friseurladen gab es eine Farbenhandlung namens *Seidler & Franzel.* Farben hatten damals ja noch eine Art Monopolstellung, was die Gestaltung der Wohnungswände betraf, aber nicht mehr lange, denn bald wurde die Tapete mit ihren attraktiven Mustern und Motiven als weniger aufwändige Alternative entdeckt. Mein Bruder Walter wählte nicht zuletzt wegen dieses Trends den Beruf des Tapezierers und Raumausstatters.

Wenn man nun mit der „Dreier“, so der Name der Straßenbahnlinie im Volksmund, eine Station weiterfuhr, passierte man bald die Gumppstraße. Genau an diesem Punkt befand sich am Eck die Trafik „Wieser“, der Dreh- und Angelpunkt aller Raucher und Zeitungsleser der Gegend. Mir war die Trafik bestens bekannt, musste ich doch immer wieder meinem Vater Zigaretten der Marke „Austria 3“ besorgen, die übrigens, wie die Straßenbahn, auch „Dreier“ genannt wurden. Was speziell diese Zigarettensorte für eine eher kleine Wohnung an Luftverpestung bedeutete, lässt sich schwer in Worte fassen. Somit war es wie eine kleine Erlösung, als mein Vater die Dreier nach vielen Jahren durch den „Mercedes unter den Zigaretten“, die um einiges teurere Marlboro, ersetzte. Natürlich ging das sehr zulasten unseres knappen Familienbudgets, aber meine Mutter und ich nahmen diese finanzielle Einschränkung zugunsten einer verminderten Geruchsbelastung gerne in Kauf. Die Trafik war überhaupt ein wichtiges Geschäft, gab es dort doch Kuverts, Briefmarken, Zeitungen und diverse Zeitschriften. So zum Beispiel die Lieblingslektüre meiner Mutter, die „Neue Post“, durch welche auch ich Bekanntschaft mit so wichtigen Persönlichkeiten wie Fabiola, Soraya oder später dann mit Farah Dibha, der zweiten Ehefrau des Schahs von Persien, schloss. Auch die „Tiroler Tageszeitung" kauften wir gelegentlich beim Wieser, die nicht nur zu Lektürezwecken, sondern auch als Klopapierersatz herhalten musste. Toilettenpapier galt damals, zumindest in unseren Kreisen, noch als Luxus, ebenso wie Papiertaschentücher. Damals gab es ja noch das viel umweltfreundlichere „Schneuztüchl", im besten Fall sogar mit eingravierten Initialen des Besitzers.

Damit ist die Bedeutung der Tabaktrafik Wieser genügend gewürdigt. Bleibt noch nachzuliefern, dass deren Inhaber, Herr Wieser, ein sehr freundlicher, groß gewachsener Mann mit sonorer Stimme war, der, wohl aufgrund einer Kriegsverletzung, stark hinkte und zum Gehen einen Stock benutzte. Als Kriegsinvalider war er damals einer von vielen, die vom Staat mit Trafiken für ihre kriegsbedingte Behinderung entschädigt und so in ihrer Existenz unterstützt wurden.

Überquerte man nun die Gumppstraße, so befand sich gleich ums Eck die Parfümerie Zeghini, die von dem gleichnamigen Ehepaar geführt wurde. Das Ehepaar Zeghini fiel durch elegante Kleidung auf, und Frau Zeghini war eine attraktive Dame, die mit einem leicht asiatischen Einschlag ein bisschen an eine Geisha erinnerte. Inwieweit eine Parfümerie im Arbeiterbezirk Pradl eine solide Kundenbasis hatte, entzieht sich meiner Kenntnis; aber ein guter Duft ist sicherlich in allen Gesellschaftsschichten willkommen, und so gehörte auch diese Parfümerie zum festen Bestand an Geschäften dieses Stadtteils. Weniger betuchte Kunden wie meine Mutter begnügten sich eben mit einem etwas günstigeren Produkt wie dem Klassiker „Kölnisch Wasser".

Die wichtige Kreuzung Pradler Straße – Gumppstraße mit der Trafik am Eck.

DIE PRADLER STRASSE ALS LEBENSMITTEL-PARADIES

Nun aber weiter auf der Pradler Straße (ostseitig). Genau gegenüber unseres Wohnhauses befand sich lange Zeit ein klassischer Feinkostladen, geführt von einer auffällig kleinen Inhaberin namens Burgi Pircher. Ich sehe sie immer noch bildhaft vor mir: Bei ihrem Gang hatte man den Eindruck, sie machte ihre mangelnde Körpergröße durch zahlreiche kleine, schnelle Schritte wett, wodurch sie besonders dynamisch wirkte. Sie hatte ihrem Haar eine pfiffig rötliche Färbung verpasst, ihr Gesicht war von kleinen, braunen Knopfaugen und einer Stupsnase gekennzeichnet, und ihr Mund wurde mit rotem Lippenstift besonders betont. Aus demselben drangen – dem schnellen Gang entsprechend – hastig hervorgesprudelte Worte in gehobener Stimmlage. Burgi Pirchers Feinkostladen machte einen etwas schmuddeligen Eindruck. Die meisten Lebensmittel, die über ihren Verkaufspudel gingen, waren oft nicht gerade die frischesten. Hinter der „Pudel" gab es nur die Pächterin, Burgi Pircher, deren Gesprächigkeit meist eine lange Warteschlange verursachte. Das sind wohl die Gründe, warum zumindest meine Familie nicht zu den Stammkunden der quirligen Pächterin zählte.

Genau gegenüber befand sich ein weiterer Greißlerladen, und zwar jener des Herrn Licha, der es nicht nur deshalb verdient, näher beschrieben zu werden, weil sein Geschäft in meinem Wohnhaus, in der Pradler Straße 50, angesiedelt war, sondern auch wegen seiner Persönlichkeit.

Herr Licha war ein schon etwas älterer, eher klein gewachsener Mann mit dicker Hornbrille und Glatze. Ich glaube mich an mindestens einen prominent in seinem Mund platzierten Goldzahn zu erinnern, und seine Sprache verriet sehr deutlich, dass er aus dem Osten Österreichs stammte. Er trug einen braunen Geschäftsmantel, ein für diese Zeit typisches Kleidungsstück in der Lebensmittelbranche.

Für eine junge Familie wie die unsere war natürlich ein Lebensmittelgeschäft von großer Bedeutung, vor allem deshalb, weil wir von dort unsere Grundnahrungsmittel – Milch, Butter und Brot – bezogen. Und hier muss ich nun auf die Persönlichkeit von Herrn Licha zu sprechen kommen. In der Zeit, als mein Vater arbeitslos war und meine Eltern kein Geld für die für das Baby, also für meine Wenigkeit, benötigte Milch hatten, zeigte Herr Licha großes Verständnis, wenn meine Mutter wieder einmal zu ihm kam und ihn bat, den Rechnungsbetrag für die dringend benötigten Lebensmittel „anschreiben" zu dürfen. Ohne die Großzügigkeit von Herrn Licha hätte ich wohl auf manche Milchration verzichten müssen, was, im Gegensatz zu heute, zeigt, dass die zu dieser Zeit noch übliche persönliche Bekanntschaft mit dem Geschäftsinhaber eine Art Gratiskredit ermöglichte, die einem in Notsituationen den Überlebenskampf erleichterte.

Im Laden von Herrn Licha gab es übrigens, einige Jahre später, einmal eine Verkäuferin namens Irene, die mir, obwohl ich damals noch ein Kind war, so gut gefiel, dass man durchaus von einem ersten Anflug von Verliebtheit sprechen konnte. Wenn sie nach Geschäftsschluss den Laden verließ, schob sich im ersten Stock der Vorhang zur Seite, und ein kleiner Junge, der gerade eben groß genug war, um alleine hinausschauen zu können, verfolgte aufmerksam jeden Schritt der Verkäuferin Irene, wenn diese sich vom Geschäft zur nahe gelegenen Haltestelle aufmachte.

Bleiben wir nun aber gleich in jenem Wohnhaus, in dessen Parterre sich auch die Lebensmittelhandlung des Herrn Licha befand.

Die Pradler Str. 50, Frau Dampf, meine Mutter, winkend am Fenster

DAS HAUS, IN DEM ICH AUFWUCHS: DIE PRADLER STRASSE 50

Das Wohnhaus, in dem ich aufwuchs, ist das erste nach Überqueren der Gumppstraße. Lange vor meiner Geburt wurde leider ein Häuserblock der Gumppstraße direkt an die Südseite des Hauses in der Pradler Straße angebaut, was zur Folge hatte, dass die straßenseitigen

Wohnungen in unserem Haus das Küchenfenster verloren und die Küchen somit über Nacht zu kleinen, auch tagsüber dunklen Räumen ohne Lüftungsmöglichkeit abgewertet wurden. Meine Mutter litt sehr stark darunter während der gesamten Zeit, die sie in dieser Küche zubrachte. Das mit Ziegeln zugemauerte Fenster war noch lange Zeit zu sehen, wurde dann aber irgendwann einmal mit Holz verkleidet und zu einem Regal umgewidmet.

Eine Tafel am Eingang zu unserem Haus wies darauf hin, dass es nach den Zerstörungen im Krieg unter Bundeskanzler Raab wieder aufgebaut worden war. Es handelt sich um ein fünfstöckiges Gebäude mit jeweils einer Wohnung auf der Straßenseite, mit einem Erker als Attraktion und einer Wohnung mit Balkon auf der Gartenseite. In der Mitte der beiden Wohnungen befand sich das Klo, das sich die beiden Parteien teilen mussten, mit allen Unannehmlichkeiten, die damit verbunden waren. Wir befinden uns also jetzt im ersten Stock, in dem sich straßenseitig die Wohnung meiner Familie, der Familie Dampf, befand.

Herr Licha hatte über die Parterrewohnung Zugang zu seinem Geschäft, wo es auch noch ein gemeinsames Klo für ihn und seine Mitarbeiter gab, das allerdings mit der Familie L., deren Kleinwohnung im westlichen Teil lediglich aus einer relativ kleinen Wohnküche und einem dahinter liegenden Schlafzimmer bestand, geteilt werden musste. Frau L. war eine schlanke, großgewachsene Frau mit gelocktem Haar und einem ebenmäßigen Gesicht. Ihr Mann, einen guten Kopf kleiner als sie, hatte es schon aufgrund der Größenverhältnisse nicht leicht, seiner Frau Paroli zu bieten. Und so kam es manchmal vor, dass Herr L. an unsere Türe klopfte, um mit meinem Vater zu plaudern. Herein trat dabei ein, wie gesagt, extrem kleiner Mann, mit schwarzen, an den Kopf geklebten Haaren. Am eindringlichsten waren aber seine im Verhältnis zum Kopf riesig erscheinenden, hervortretenden braunen Augen, die seinen langsam gesetzten Worten zusätzlich Nachdruck verliehen. Dazu kam noch die gelbliche Färbung seiner Gesichtshaut, die auf größere gesundheitliche Probleme schließen ließ. Natürlich blickte er auch des Öfteren zu tief ins Glas, zum Beispiel im berüchtigten „Scharfen Eck" und wird wohl auch nicht auf Samtpfoten heimgekehrt sein. Es ist also nicht verwunderlich, dass seine Frau manchmal heftig schimpfte, wenn ihr Toni wieder einmal spät und nicht mehr ganz nüchtern heimkam.

Gehen wir nun im Stiegenhaus weiter in den ersten Stock, so findet sich straßenseitig die Wohnung der Familie Dampf. Zuerst einmal ist durchaus von Interesse, wie mein Vater zu dieser Mieterschutz-Wohnung gekommen ist. Meine Großmutter war mit dem Berufskoch Josef Dampf verheiratet, der aus Pinkafeld im Burgenland, nahe der ungarischen Grenze, stammte. Mein Großvater, dem ich übrigens meinen Vornamen verdanke, hatte während der Zeit des Nationalsozialismus als Kantinenkoch in Maurach am Achensee gearbeitet, weshalb mein Vater auch in Eben, dem Nachbarort von Maurach, geboren wurde. Einige Zeit später betrieben meine Großeltern dann in der Pradler Straße eine Art privater Ausspeisung, zu der mittags immer mehrere Stammgäste kamen. Ich erinnere mich noch an den ausziehbaren Holztisch in unserem Wohnzimmer, der bis zu zehn Speisenden Platz bot. Jeden Mittag kochten meine Großeltern für private Gäste auf – und das in einer winzigen Küche mit nur einem kleinen Kaltwasser-Spülbecken und einem Klo, das auf dem Gang außerhalb der Wohnung gelegen war.

Kochen und Bewirten schien nach meinen Großeltern dann auch die Berufung der Familie meines Onkels Franz zu werden.

Nachdem mein Großvater gestorben war, übernahm die Großmutter zusammen mit meinem Onkel den „Schwarzen Adler“ in Scharnitz, sodass die Wohnung in der Pradler Straße für meinen Vater und seine frisch angetraute Frau, meine Mutter Gertraud, frei wurde. Das war zweifellos ein Glücksfall, da der Mieterschutz die Miete auf ein wirklich sehr erträgliches Minimum reduzierte, was meinen Eltern ihre Existenz trotz des sehr geringen monatlichen Einkommens meines Vaters auf Jahrzehnte hin sicherte. Werfen wir nun aber einen Blick auf die Wohnung, die sich im selben Stock auf der Gartenseite befand.

Diese wurde bewohnt von Herrn und Frau S. Konrad S. war deutlich älter als seine Frau. Er war Schneidermeister im Ruhestand und bereits ziemlich gebrechlich. Ich erinnere mich daran, dass er einmal, nach einem Wutausbruch seiner cholerischen Ehefrau, im Zuge dessen sie ihn mit einem Besenstiel attackiert hatte, bei uns Zuflucht suchte und uns sein Leid über seine bösartige Ehefrau klagte. Kurze Zeit später verstarb Herr S., und wir teilten uns in Zukunft „nur“ mehr mit seiner Frau die Toilette, oder sagen wir besser das Klo, denn das Wort „Toilette“ würde wohl falsche Tatsachen vorspiegeln. Sich das WC mit einem wildfremden Menschen zu teilen, ist schon problematisch genug; wenn aber diese Person noch vom Schlage der Frau S. ist und ihr Nachbar mein – ebenfalls nicht ganz ausgeglichener – Vater, dann sind Konflikte, oder besser gesagt deftige Auseinandersetzungen, vorprogrammiert.

Dabei blieben beide einander nichts schuldig. Frau S. war eine ziemlich kleine, vierschrötige Person mit grauen, meist fettigen Haaren. Außerdem war sie Raucherin – eine Leidenschaft, der sie auch im eineinhalb Quadratmeter großen Klo nachging, so dass ein Luftcocktail entstand, der es für den Nachbenutzer in sich hatte. Ihre Stimme war – zum Gesamtbild passend – tief, der Inhalt der Worte passte zum Ton: Selbst für mich als Kind hatte die S., wie wir sie nannten, nie ein freundliches, nettes Wort übrig. Und wenn es bei uns einmal etwas lauter zuging, läutete sie an der Türe und beschwerte sich. Das brachte wiederum meinen Vater auf die Palme, der dann seinem oft aufgestauten Ärger Luft machte, aus der Wohnung stürmte, bei Frau S. läutete, die sich aber meist davor hütete, aufzumachen. Woraufhin mein Vater einmal endgültig die Nerven verlor und schrie: „Komm‘ außa, du Guflhex!“. Der Rest der Familie lauschte gespannt in der Wohnung und des Vaters Worte entlockten auch uns ein verschämtes Lächeln: Endlich kriegte die böse Frau einmal ihr Fett ab!

Während der Zeit meiner Kindheit wohnte unmittelbar über uns, im 2. Stock, das Ehepaar L., zwei alte, sehr unauffällige und dezente Leute. Als diese dann ins Altersheim übersiedelten, zog dort eine in mehrfacher Hinsicht überaus schillernde Person ein: Frau Gräfin zur Lippe: Man muss sich das vorstellen, die Gräfin war ohne Übertreibung gute einsneunzig hoch, schon ziemlich ältlich, aber stets elegant und passend zu ihrer schlanken Figur gekleidet, und sie brauchte einen Stock zum Gehen. Kindern und Jugendlichen flößte ihre ganze Erscheinung schon Ehrfurcht und Respekt ein, und wenn sie dann noch ihre tiefe Stimme erhob, verstärkte sich diese Haltung noch zusätzlich. Sie freundete sich dann aber mit der Zeit, wenn auch unter Wahrung einer gewissen Distanz, mit meiner Mutter an und überließ ihr nach ihrem Auszug einige alte Haushaltsgegenstände, die meine Mutter immer noch hat und die von ihr – in keinem Verhältnis zu deren geringem Wert – stets in Ehren gehalten werden.

Das ihr gegenüber wohnende Ehepaar K. ist mir vom Aussehen her noch gewärtig: Frau K. war eine kleine, quirlige Person, die recht oft lächelte. Ihr Gatte hatte ein faltenzerfurchtes Gesicht, über das oft ein verschmitztes Lächeln huschte, das unter einem breitkrempigen Hut zum Vorschein kam. Ich erinnere mich an eine Begebenheit, die offensichtlich einen bleibenden Eindruck bei mir hinterlassen hat: Einmal, zu Weihnachten, haben mich die Eheleute K. in ihre Wohnung eingeladen und mir ein aus Holz gefertigtes Auto zum Spielen gegeben, dessen Attraktivität darin bestand, dass die Räder mit einem weihnachtlich anmutenden, silberfarbenen und das Auto selbst mit einem roten Geschenkpapier eingekleidet waren.

Wir überspringen ein Stockwerk und landen im vierten Stock unseres Hauses. Dort wohnte die einzige Familie, die altersmäßig der unseren entsprach. Herr H. war Elektriker, stets gut gekleidet und überhaupt eine elegante Erscheinung. Er trug sein schwarzes Haar extrem kurz, hatte scharf geschnittene Gesichtszüge und meist ein Lächeln auf den Lippen. Seine Ehefrau war eher klein von Gestalt, ihr Wesen ist mir als herzlich in Erinnerung, aber das für mich interessanteste Mitglied der Familie, Monika, war in meinem Alter und ging mit mir in den Kindergarten. Es gibt ein Foto von uns beiden in der Sandkiste; von einer Sandkistenliebe zu sprechen, wäre aber weit übertrieben. Über eine kurze Phase erhöhter Zuneigung ging unsere Kindergarten-Beziehung nie hinaus.

Die Nachbarn von Familie H. waren ein eher unauffälliges Paar mit Namen F. Herr F. war ein umgänglicher Mann, mit dem man recht locker plaudern konnte. Er hatte ein blaues Puch-Moped, das damals sehr beliebt war und das er vor der Haustüre abstellte und mit einer Folie sorgfältig zudeckte. Seine Frau war eine an sich vollkommen unauffällige Person, die ständig versuchte, geräuschlos durch das Stiegenhaus zu huschen und genauso unauffällig gekleidet war wie ihr Gatte, wobei sie stets eine große Tasche mit sich herumtrug. Ihr Gesicht war fahl, hatte keine klaren Konturen und die Augen schienen tief in ihrer Stirn versenkt. Irgendwann einmal begann Frau F. verhaltensauffällig zu werden, indem sie begann, auf dem kleinen Plateau vom Parterre zu unserem ersten Stock stundenlang auf ihren Ehemann Leo zu warten. Warum sie damit anfing, ihren Mann schon im untersten Stockwerk abzupassen bzw. zu empfangen, anstatt in ihrer Wohnung im vierten Stock auf ihn zu warten, war und ist immer ein Rätsel geblieben. Wahrscheinlich hatte sie psychische Probleme bekommen , die sie zu diesem zwanghaften Tun verleitete. Während sie dort auf dem Zwischenstock wartete, nuschelte sie unentwegt vor sich hin, und man glaubte, dabei mehrmals den Namen ihres Mannes zu vernehmen. Irgendwie drängte sich der Verdacht auf, dass der gute Leo eine Geliebte haben könnte und seine Frau eben eifersüchtig sei. Natürlich belebte das auch die Fantasie von uns Kindern, damit meine ich meinen Kinderfreund und Nachbarn Burkhard und mich. Wir überlegten uns deshalb, wie wir die Gesprächigkeit von Frau F. noch zusätzlich steigern konnten. Also platzierten wir uns in ihrer Hörweite und ließen immer wieder deutlich den Namen Leos in Zusammenhang mit einem weiblichen Vornamen fallen. Und prompt setzten etwas unter uns die Kommentare zu unseren düsteren Andeutungen ein. Letztlich glaube ich, dass der gute Herr F. ein braver Ehemann war, der einfach den ganzen Tag außer Haus war; und das beflügelte wohl die Fantasie der kinderlosen, sämtliche Vor- und Nachmittage alleine verbringenden Frau, die da gewissermaßen zwangsläufig auf eine Kommunikation mit sich selbst angewiesen war, in die sie sich irgendwann einmal unentrinnbar verstrickt hatte.

Bleibt nur mehr das Dachgeschoss, in dem sich ursprünglich nur der Dachboden befand, auf welchem alle Parteien ihre Wäsche aufhängen konnten. Darüber hinaus wurde der restliche Dachboden genutzt, um diverse nicht gebrauchte Bettgestelle, Matratzen, Kommoden, ja in unserem Fall sogar eine Art Seemannskoffer aufzubewahren. Auch konnten wir dort kleinere, nicht benötigte oder veraltete Haushaltsgegenstände, Spielsachen, aus denen wir sozusagen herausgewachsen waren, und allerlei Ramsch verstauen.

Irgendwann einmal zog im 5. Stock, der sich unter dem Dachboden befand, die Familie H. ein, wobei Herr H. Schneidermeister war und seine Werkstätte ein paar Häuser weiter südlich, in der Pradler Straße, hatte. Die Frau H. war eine kleine, gut gekleidete Dame mit Föhnfrisur und einem Dauerlächeln, das möglicherweise ihrem finanziell sorgenlosen Leben geschuldet war. Es gab eine Tochter, die blondes Haar und blaue Augen hatte, und bei der man stets den Eindruck hatte, dass sie es eilig habe. Und so sprach sie auch – im Eiltempo.

Nachdem die Familie des Schneidermeisters in die südlich gelegene Pradler Straße umgezogen war, bezog Herr Pillinger mit seiner jungen Ehefrau die Dachwohnung im 5. Stock. Und Frau P. war die einzige junge Frau im Hause, was natürlich das Interesse eines pubertierenden Jugendlichen hervorrief: Erstens war sie eine selbstbewusste, kontaktfreudige Person, die auch mit Kindern und Jugendlichen locker plaudern konnte, und zweitens war sie eben auch eine attraktive Frau. Und so interessierte man sich natürlich auch dafür, was sie so alles auf die Wäscheleine auf dem gemeinsamen Dachboden hängte. Alle Wäscheleinen waren sozusagen fix vergeben, unsere war am Anfang der langen Reihe, und so musste man unter den anderen voll behängten Wäscheleinen, auf denen es nichts Aufregendes zu sehen gab, durchtauchen, um bis zur letzten vorzudringen, auf der die dort trocknenden, attraktiven BHs und Höschen der Frau H. meine Fantasie in Bezug auf dahinter verborgene körperliche Reize beflügelten. Von meinem gesteigerten Interesse am Dachboden profitierte dann auch meine Mutter, die fortan die Wäsche nie mehr selbst aufhängen musste, da es einen Sohn gab, der diese Aufgabe bereitwillig übernahm.

Um die Beschreibung des Hauses abzuschließen, sollten wir noch einen kurzen Blick in den Keller werfen, den man ja insofern regelmäßig aufsuchen musste, als dort die Kohlen, Briketts, Eierkohle und das Holz zum Heizen des Ofens gelagert waren. Der Grund, warum das in unserer Familie niemand tun wollte, war folgender: Unser Keller war nicht betoniert, auch gab es einen Lüftungsschlitz auf die Straße hinaus, und deshalb tummelten sich ganz einfach Ratten in unserem Keller. Nachdem meine Mutter einmal kreidebleich aus dem Keller zurückkehrt war und berichtete, sie sei von einer Ratte angesprungen worden, verweigerte sie in der Folge das Kohlenholen im Keller, und somit war ich an der Reihe. Ich erinnere mich noch, mit welch bangen Gefühlen ich das Vorhängeschloss entfernte, mit der Taschenlampe – Licht gab es keines – unser Kellerabteil ausleuchtete und in Windeseile den Kohlekübel vollfüllte. Einmal glaube ich mich erinnern zu können, eine Ratte erblickt zu haben, die mich aber Gott sei Dank nicht ansprang – wenn es sie überhaupt gab.

Ja, damit wäre die Beschreibung des Wohnhauses meiner Kindheits- und Jugendjahre abgeschlossen, sodass wir gemeinsam die Pradler Straße Richtung Norden weiter wandern können.

Im Nachbarhaus Pradler Straße 48 wohnte im Parterre mein Jugendfreund Burkhard Thalhammer und gegenüber befand sich der Hintereingang zur Elektrohandlung Kranebitter, welche auch über den Geschäftseingang auf der Straße zugänglich war. Kurt Kranebitter hatte den Betriebe 1965 von seinem Vorgänger Kunstelj übernommen. Kurt Kranebitter war ein großgewachsener Mann mit forschem Schritt und Hornbrille, der bei einigen Pradler Betrieben und Haushalten Elektroanschlüsse und Reparaturen durchführte. Seine Frau führte das Geschäft und war eine freundliche, gesprächige Frau, die sich auch mit meiner Mutter des Öfteren ganz zwangslos unterhielt.

Ein paar Schritte weiter die Pradler Straße auf der Westseite hinunter befand sich die erste von insgesamt drei Metzgereien, und zwar der „Strickner". Herr Strickner war eine Respekt einflößende Erscheinung: groß gewachsen, eher hager von Gestalt, komplett in Weiß gekleidet, in einer Art Montur mit einem weißen Schurz, der manchmal, berufsbedingt, mit Blutspritzern übersät war. Auf seinem Kopf befand sich eine weiße Schildkappe, unter der die markanten Gesichtszüge des Herrn Strickner zu erkennen waren. Ich erinnere mich auch noch an seine imposante Stimme.

Herr Strickner in seiner Fleischerei in Aktion (Foto: Privatarchiv)

Neben dem Geschäftslokal gab es eine weinrote Garageneinfahrt, aus der immer wieder Geräusche drangen, die offensichtlich von der Fleischverarbeitung stammten, wobei mir das Geräusch der Säge in besonderer Erinnerung blieb, da sie in regelmäßigen Abschnitten kreischte, wenn mit ihr Knochen zerkleinert wurden.

Der Strickner war eigentlich unsere Metzgerei, bei der wir unseren – allerdings nur geringen – Fleischbedarf deckten. Wie wahrscheinlich in vielen anderen Haushalten, so gab es auch in unserer Familie nur an Sonntagen Fleisch, meist das obligate Wiener Schnitzel mit Kartoffelsalat. Eine der größten Köstlichkeiten waren damals übrigens Fleischkäsesemmeln, zu denen es aber aufgrund des knappen Haushaltsbudgets nur ganz selten reichte. Extrawurstsemmeln waren die etwas billigere, mit Gurken auch nicht zu verachtende Alternative dazu.

Genau gegenüber der Metzgerei Strickner befand und befindet sich, ebenso wie der Strickner noch immer, die Obst- und Gemüsehandlung „Stauder“. Dort gab es immer ausgezeichnetes frisches Gemüse, Obst und Salate. Kopfsalat zählte damals zum Standard, eventuell noch Endiviensalat. Unter den Früchten waren Bananen erschwinglich, Trauben noch kein Thema, Kirschen sowieso zu teuer. Das bedeutete, der Stauder war für eine ärmere Familie auf seine Kernkompetenzen beschränkt, aber damals noch mangels Supermarkt in dieser Branche unverzichtbar. Der Inhaber, Herr Stauder, ist mir noch in lebhafter Erinnerung: Es handelte sich um einen Mann mittlerer Größe, der immer mit einem blauen Arbeitsmantel bekleidet war und dessen Frisur stets wie mit einem Lineal gezogen wirkte, wobei sein schon ins Grau tendierendes Haupthaar eine sich über die Jahre vergrößernde Tonsur am Hinterkopf zierte. Ebenfalls noch in Erinnerung ist mir Herrn Stauders monotoner, mit etwas gepresster Stimme hervorgebrachter Singsang, der eigentlich im Widerspruch zu seinen farbenprächtigen, frischen Produkten stand, die eine etwas euphorischere Vermarktung verdient hätten.

Das Obst- und Gemüsegeschäft Stauder heute

An seiner Seite arbeitete eine Frauengestalt, die ebenfalls eine etwas nähere Beleuchtung verdient: Sie war wohl größer als ihr Chef, und ihr Gesicht wies sowohl männliche als auch weibliche Züge auf. Auch ihre Hände waren ungewöhnlich groß, aber am auffälligsten waren wohl ihre interessanten Gesichtszüge: Am besten stelle man sich diese Obstverkäuferin wie eine jener unheimlichen Frauenfiguren vor, die man aus Psychothrillern kennt. So hatte sie wenig klare Konturen, ein eher teigiges Gesicht mit hellen, wasserblauen Augen und einer ausgeprägten Hakennase darunter. Sie war stets leichenblass und, was besonders auffiel, war ihr beständiges Lächeln, zu welchem ihr leiser, säuselnder Ton bestens passte und einem irgendwie das Gefühl vermittelte, buchstäblich im falschen Film zu sein. Ich bin aber überzeugt, dass sich hinter diesen äußeren Erscheinungsmerkmalen eine unauffällige, freundliche und harmlose Verkäuferin ohne die oben bewusst pointiert formulierten Abgründe verbarg.

Ein paar Schritte weiter auf der Ostseite trat man in die Bäckerei der Gebrüder Moschen ein, deren Backstube, im Keller natürlich, einen herrlichen Duft verströmte. Der Sohn von Herrn Moschen ging in die gleiche Schule wie ich. Er war, wohl stark bedingt durch sein Umfeld, von etwas stärkerer Statur und trug Brillen mit mehreren Dioptrien, so dass einen meist überdimensional große Augen entgegenblickten, wenn man mit ihm redete. Irgendwie erinnere ich mich an ein Wortspiel, das bei seinem Familiennamen natürlich auf der Hand lag. Als er sich wohl einmal unbeliebt gemacht hatte, hieß es prompt: „Mosch'n, halt die Goschn!".

Die Nachfolge von Herrn Moschen trat Karl Winkler an, dessen herrliche Handsemmeln in einem höheren Preissegment anzusiedeln waren, sich aber trotzdem großer Beliebtheit erfreuten, sodass selbst Bewohner anderer Stadtteile zu seinen Kunden zählten. Für die Kunden mit geringerem Haushaltsbudget gab es als Alternative zu den Semmeln sogenannte „Baunzerln“, die auch knusprig waren. Auch beim Schwarzbrot gab es, neben den aus diversen Körnern bestehenden Luxuslaiben und -wecken, auch günstiges schmackhaftes Schwarzbrot. Dazu natürlich noch die gängigen Bäckereiwaren wie Topfengolatschen und Nusskipferln, die man sich gelegentlich zum Kaffee leistete.

UHREN, FAHRRÄDER UND ELEKTROGERÄTE: WAS MAN SONST NOCH ZUM LEBEN BRAUCHT

Ja, jetzt hätte ich es beinahe vergessen: Zwischen Stauder und der Bäckerei Moschen befand sich noch ein relativ unspektakuläres Geschäft, dessen Dienste man eher selten benötigte, und zwar die „Elektrohandlung Buhl“. Das eindeutig Spektakulärste daran war der Geschäftsführer von Herrn Buhl, sein ehemaliger Lehrling Rudolf Blattl, der eher einem Sumo-Ringer ähnelte als einem Elektrohändler. Herrn Blattls Körper hatte wahrhaft gigantische Ausmaße, geschätzte 150 kg mindestens, auf denen ein imposanter Kopf mit Bürstenhaarschnitt ruhte. Aus einer dicken Hornbrille blickten einen riesengroße, sehr dunkle Augen an. Brauchte man eine Glühlampe, einen Stecker oder ein Kabel, war man bei Herrn Blattl richtig und bekam stets das Benötigte. Wie der Mann aber aus der Türe heraus- beziehungsweise in sein Auto – einen engen Opel Kadett – hineinkam, ist mir allerdings heute noch ein Rätsel.

Wechseln wir nun aber wieder auf die gegenüberliegende Westseite der Pradler Straße, so befand sich gegenüber der eben beschriebenen Elektrohandlung Buhl ein Uhrmachergeschäft namens Budemaier. Man stelle sich das Prä-Handy-Zeitalter vor, um zu verstehen, wie wichtig ein derartiges Geschäft damals war. Herr Budemaier war sozusagen einer der wenigen „Herren über die Zeit", denn hätte man seinen Wecker nicht bei ihm gekauft oder reparieren lassen, wie hätte das Arbeitsleben funktioniert? Die Menschen hätten verschlafen, wären nicht oder nicht rechtzeitig zur Arbeit gekommen, letztlich hätte das wohl den Zusammenbruch der Wirtschaft bedeutet. Natürlich war der Mensch der 1970er Jahre auch auf eine funktionierende Armbanduhr angewiesen, die man zu dieser Zeit noch – ein weiterer Unsicherheitsfaktor – regelmäßig aufziehen musste. Auch dafür benötigte man immer mal wieder den Uhrmacher, spätestens dann, als die Armbanduhren durch Batterien angetrieben wurden, die man regelmäßig austauschen lassen musste. Herr Budemaier war übrigens ein sehr gepflegt wirkender Mann mit gehobenen Umgangsformen, den man sich ungefähr so wie „Mr. Aktenzeichen-XY-Ungelöst", Eduard Zimmermann, vorstellen kann. Ob er sehr viel von seinem auch reichlich angebotenen Schmuck in der proletarisch geprägten Pradler Straße verkaufte, wage ich zu bezweifeln; möglicherweise den einen oder anderen Verlobungs- oder natürlich auch Ehering, denn geheiratet wurde damals schließlich in allen Schichten noch sehr regelmäßig. Das würde dann allerdings bedeuten, dass Herr Budemaier nicht nur der Herr der Zeit war, sondern – mittels seiner verkauften Ringe – auch manches Beziehungsschicksal endgültig besiegelte.

Das nächste Geschäft in der Einkaufsstraße von Pradl war die Fahrrad-Handlung und Reparaturwerkstätte „Waroschitz". Der Inhaber war ein schon etwas älterer, aber sehr sportlich wirkender Mann mit einem braun gebrannten, faltigen Gesicht und einer Schildkappe auf dem Kopf. Das Fahrrad war damals zweifellos noch für viele das einzige Fortbewegungsmittel, das man sich leisten konnte, und somit erfreute sich der Waroschitz auch eines großen Zulaufs. Herr Waroschitz war übrigens meiner Erinnerung nach auch ein führender Funktionär des Tiroler Radsportverbandes, weswegen man immer wieder professionell gekleidete junge Sportler mit ihren beeindruckenden Rennrädern sah, die sich dort für die bevorstehenden Rennen fit machten.

FRISEURWELTMEISTER SCHWAMMS BERÜHMTER MESSERSCHNITT

Als Nachfolger des Uhrmachers Budemaier übernahm in den späteren 1970er Jahren ein interessanter Mann dessen Geschäftslokal, und zwar der Friseur Peter Schwamm, der sich vom bereits beschriebenen traditionellen Berufskollegen Hannig stark unterschied. Peter Schwamm war, man hörte und staunte nicht schlecht, Friseurweltmeister! Ja, auch das gab es damals. Aber die Pradler fanden es natürlich sehr positiv, dass ausgerechnet ihnen ein derartiges Glück widerfuhr und von nun an gerade im Herzen Pradls Frisuren am Puls der Zeit entstanden. Und um welche Frisuren handelte es sich dabei? Wenn ich das richtig verstanden hatte, war das Grundinstrument des Friseurs, die Schere, zu dieser Zeit bereits passé, und die Haare des Mannes wurden mit einer Art Rasiermesser bearbeitet: „Einen Messerschnitt bitte“, so lautete „le dernier cri“ damals. Das Ergebnis galt dann oft als Schlüssel zum Erfolg bei der

Eroberung von so manchem Frauenherz. Mein Bruder war damals gerade in jenem Alter, in dem die Akzeptanz beim anderen Geschlecht eine zentrale Rolle spielte. Und so war auch er ein überzeugter Neukunde des Friseurweltmeisters Schwamm, dessen eigene Frisur gewissermaßen zum Programm für seine Kunden wurde. Die Voraussetzung für jede Frisur in den 1970er Jahren war, dass die Haare natürlich lang bleiben sollten und somit nur die Spitzen minimal gekürzt werden mussten. Dabei wurde mit dem Rasiermesser auf allen Seiten gleichmäßig ein wenig entfernt, anschließend wurden die Haare glattgeföhnt. Die Koteletten – das Markenzeichen einer ganzen Generation, – wurden lang und fett gelassen, und was dabei insgesamt herauskam, erinnerte am ehesten an einen rechteckigen Schuhkarton mit Ausbuchtungen auf der Seite. Soviel zum Messerschnitt. Als Variante dazu gab es die sogenannte „Schlurf-Frisur“, bei der das Haupthaar ziemlich kurz rasiert wurde und am Hinterkopf, gewissermaßen wie ein Wasserfall, das Resthaar bis weit unter die Schultern fiel. Diese Variante dürfte wohl ein anderes weibliches Zielpublikum im Auge gehabt haben, nämlich jenes, das einen ein bisschen wilderen, eben rockigeren dem wohlgeordneten Schachteltyp vorzog. Ein Epigone dieses Schlurftyps war übrigens der Ex-Wacker-Fußballspieler Patrick Jezek, bei dem der Schlurf auf Grund seiner eher geringen Körpergröße umso beeindruckender wirkte.

Uns Kindern blieben die edlen Hallen des Friseurweltmeisters Schwamm natürlich – preis- und stilbedingt – verwehrt; uns war ja der von den Eltern bis weit ins Pubertätsalter gnadenlos verordnete Fassonschnitt des Herrn Hannig vorbehalten. Dieser entscheidende Wettbewerbsnachteil gegenüber den viel cooleren älteren Geschlechtsgenossen hatte so – und ich spreche hier aus leidvoller Erfahrung – manche fassonschnittbedingte Depression bei den Jüngeren zur Folge, die natürlich gegen ihre langhaarigen, im Trend liegenden Geschlechtsgenossen überhaupt keine Chance mehr hatten.

Die Ecke Pradler Straße – Defregger Straße mit dem neuen Friseursalon Schwamm

Damit kommen wir nun an das Ende, besser gesagt an das Eck der westlichen Pradler Straße hin zur Defregger Straße, zum berühmt-berüchtigten Gasthaus „Scharfes Eck“, das seinem Namen wahrlich mehr als gerecht wurde. Beginnen wir mit dem harmlosen, rein deskriptiven Inhalt des Begriffes Scharfes Eck. So galt es damals für die Straßenbahnlinie 3, bei jeder Fahrt Richtung Amras und retour dieses scharfe Eck zu passieren. Jetzt stelle man sich die alte Dreier mit ihren klapprigen Waggons vor und man wird nachvollziehen können, dass sämtliche Bewohner der Pradler Straße alle zehn Minuten ein ohrenbetäubendes Quietschen vernahmen, wenn wieder eine Dreier sich um das Scharfe Eck wälzte. Geräuschmäßig war der Tag eines Bewohners der Pradler Straße also klar strukturiert durch das alle paar Minuten auftretende Quietschen der Straßenbahn.

Aber auch das gleichnamige Gasthaus, das „Scharfe Eck“, hatte es in sich. Die Wiener würden wohl von einem typischen Beisel sprechen, wenn auch in diesem Fall von einem ziemlich, modern ausgedrückt, abgefuckten Beisel mit einer recht abgenutzt wirkenden Holzvertäfelung und entsprechenden Tischen und Stühlen. Die meisten Stammgäste, darunter auch mein Vater, standen vor dem relativ lang gezogenen Tresen und diskutierten, gestikulierten und argumentierten dort über Gott und die Welt. Es gab auch einige Tische mit Stühlen für diejenigen, die vielleicht auch etwas aßen, wie zum Beispiel das kleine Gulasch mit Semmel, das es dort gab. Die wirklichen Insider standen aber am Tresen und einige, vor allem mein Vater, führten dort das große Wort. Apropos: Mein Vater war ein begnadeter Alleinunterhalter, der über ein großes Repertoire von Witzen verfügte und damit mitverantwortlich dafür war, dass es nicht bei ein oder zwei Gläsern Bier blieb, sondern an einem Morgen oder Abend eine beträchtliche Anzahl von Bieren getrunken wurden, bis man schließlich irgendwann einmal daran dachte, nach Hause zu gehen, wenn der Begriff „gehen" dafür überhaupt angebracht ist. Von unserem Erker im ersten Stock aus, ein paar Häuser weiter südlich, konnte man so manchen Langzeitgast des Scharfen Ecks bei dem Versuch beobachten, mit der Gesamtbreite des Gehsteiges das Auslangen zu finden.

An dieser Stelle muss ich nun aber auf einen ganz speziellen Gast des Scharfen Ecks zu sprechen kommen, dessen Erscheinung mir aus mehreren Gründen immer noch sehr lebhaft in Erinnerung ist. Auf die Frage, wer denn der wankende Geselle mit den riesigen abstehenden Ohren, der sehr ausgeprägten Nase und dem pockennarbigen Gesicht sei, meinte mein Vater, das sei der Luis, der Luis S. Der sei einmal Boxer gewesen – sonst sagte mein Vater dazu nichts. Dieser Luis bewegte sich gewissermaßen stakkatoartig, ja trippelte mit kleinen Schritten, leicht wankend und sprach dabei offensichtlich deutlich hörbar mit sich selbst. Was er wohl mit sich selber zu besprechen hatte? Das konnte ich damals natürlich nicht ahnen, aber vielleicht hatte es etwas mit seiner Zeit und mit seiner Rolle im Krieg zu tun. Viel später erfuhr ich über Zeitungsberichte, dass Alois S. schon vor dem Zweiten Weltkrieg ein bekennender Nazi war. Später war er dann als Obersturmbannführer und Mitglied der SS am Ausrottungskrieg auf dem Balkan beteiligt und soll, als Teil eines Tiroler Netzwerkes, nach dem Krieg höchst persönlich Adolf Eichmann bei dessen Flucht über die Grenze nach Italien chauffiert haben. Wie bei den meisten seiner Gesinnungsgenossen in Österreich wurde sein Verfahren 1962, nach einem Jahr Haft, eingestellt, und so konnte S. dann ungehindert seine „G'schichtln" im Scharfen Eck zum Besten geben und dann friedlich und ungestört durch die Straßen von Pradl wandeln. Ein typisch österreichisches Schicksal mitten in Pradl, möchte man meinen. Was auch typisch ist und ja auch als Erklärung für Hitlers abgrundtiefen Hass auf die Juden herangezogen wurde, nämlich die Projektion von an sich selbst als negativ wahrgenommenen Eigenschaften auf ein Feindbild, einen Sündenbock, das traf in frappierender Weise auch auf S. zu, der wie jene von den Nazis verbreiteten Karikaturen der ihnen so verhassten Juden aussah.

Bleibt noch der Sprung über die Straße vom Scharfen Eck: Dort befand und befindet sich noch immer die für jeden Stadtteil äußerst wichtige, ja für manche wichtigste Institution: die Apotheke. Da auch meine Eltern immer wieder mit Krankheiten zu kämpfen hatten, wurde ich öfters beauftragt, mit einem Rezept in der Hand Medikamente aus der Apotheke zu holen. Einer der zahlreichen Pächter war ein Herr Magister H., der im Nachbarhaus wohnte und eine sehr attraktive Tochter hatte, die mir später einmal als Studentin über den Weg gelaufen ist.

Damit verlassen wir nun den oberen Teil der Pradler Straße, überqueren die Defregger Straße ostseitig und befinden uns damit vor der Drogerie Frank, die neben einem breiten Spektrum von Malereibedarf natürlich die Grundpalette einer Drogerie mit Shampoo, Seifen, Duschgels und alle für die Körperpflege wichtigen Produkte abdeckte. Neben diversen Notwendigkeiten für den Haushalt stand manchmal auch eine Art Digestiv mit dem originellen Namen „Klosterfrau Melissengeist" auf der Wunschliste meiner Mutter.

VOM SCHARFEN ECK BIS ZUM NÖRDLICHEN ENDE DER PRADLER STRASSE

DIE PRADLER-EINKAUFSSTRASSE NÖRDLICH DER DEFREGGER STRASSE

Genau gegenüber der Apotheke befand sich das Schreibwarenfachgeschäft „Ghedina“, das Volks- und später Hauptschülern am Schuljahresanfang die Möglichkeit bot, sich mit den wichtigsten Schulsachen einzudecken. Während meiner ersten Volksschuljahre brauchte man ja noch Schreibtinte im Tintenglas für die Füllfeder, bevor die viel praktischeren Patronen der Firma Pelikan eingeführt wurden. Auch an die bunten Plastikeinbände für die diversen Hefte kann ich mich noch gut erinnern. Insgesamt war der Einkauf beim Ghedina immer mit einer gewissen Aufbruchsstimmung verbunden; man freute sich, neue Unterrichtsmaterialien für ein neues Schuljahr anzuschaffen, auch wenn es mit Kosten für die Eltern verbunden war. Bedient wurde man übrigens durchwegs von Damen. An die Pächterin, Frau Ghedina, kann ich mich noch besonders gut erinnern. Diese hat den Ansturm vor allem der Taferlklassler mit ihren eifrigen Müttern mit großer Geduld, kompetenter Beratung und einem milden Lächeln auf den Lippen souverän bewältigt. Und dabei faszinierte mich stets die kleine Warze neben ihrer Unterlippe.

Einige Häuser weiter nördlich befand und befindet sich noch immer die zweite Metzgerei in der Pradler Straße, und zwar der „Von Stadel“, ausgesprochen wurde das VONstadl , was den Namen dem proletarischen Umfeld entsprechend republikanisierte und wohl jeglichen Adelsverdacht beseitigte. Der Inhaber war ein imposanter Mann, sowohl was die Statur als auch sein Auftreten betraf. Wie ich später erfuhr, versteckte Herr von Stadel während des Krieges eine Jüdin unter hohem persönlichen Risiko, wofür ihm bis heute noch großer Respekt gebührt. Auch er trat, wie Konkurrent Strickner, im weißen Mantel auf, hatte das Haar am Kopf nach hinten gekämmt und diskutierte gerne, auch vor seinem Geschäft, lautstark mit seinen Kunden – zu denen meine Familie übrigens nicht zählte, was damit zu tun hatte, dass er nicht nur weiter weg, sondern auch teurer war als der Strickner. Seinen Sohn konnte man auch schon manchmal im Geschäft sehen, er war, als Metzgersohn, gut genährt, groß gewachsen, hatte extrem rote Wangen und wirkte wie ein Ausbund an Gesundheit.

Gegenüber dem „Von Stadel“ befand sich das für mich – als Einkäufer vom Dienst – wichtigste Lebensmittelgeschäft, das damals noch langweilig einfach wie die Inhaberin Therese Mölk, „Mölk“ hieß. Es fasziniert mich in diesem Zusammenhang heute immer wieder, welch gelungener Name M-Preis ist, mehr aber noch, wie erfolgreich und marktbeherrschend diese traditionelle Tiroler Geschäftskette in unserem Bundesland geworden ist. Das Geschäftslokal war – für die damalige Zeit noch typisch – mit einem Verkaufspudel ausgestattet, hinter dem bis zu drei Mitarbeiter die Kunden bedienten. Der Filialleiter hieß Eisendle und war ein ebenso flinker wie wortkarger Mann mit einer sonoren Bassstimme, mit der er die Bestellung der Kunden wiederholend vor sich hin brummelte. In diesem Zusammenhang muss ich etwas ausholen, was meine Rolle als Einkäufer der Familie betrifft. Meine Mutter erzog mich schon früh, das heißt im Volksschulalter, dazu, einkaufen zu gehen und ihr so eine Aufgabe abzunehmen.

Einkaufen gehen hieß zu dieser Zeit nicht, jeden Tag den täglichen Bedarf und das, was zusätzlich noch alles in den Einkaufskorb wandert, zu decken. Der Lebensmitteleinkauf war genau durchgeplant, und zwar für die ganze Woche. Das heißt, meine Mutter schrieb mir eine Einkaufsliste, die sich meist aus etwa 15 Posten zusammensetzte, drückte mir eine größenmäßig darauf abgestimmte alte Einkaufstasche aus Leder – Plastik war damals noch kein Thema – und einen Hunderter in die Hand, und nachdem sie die Posten vorgerechnet hatte, hieß es: „Das kostet zirka 95 Schilling – für die fünf Schilling, die übrig bleiben, nimmst du etwas, das günstig ist, dazu." Sicher hatte meine Mutter mit dieser Maßnahme nicht bewusst ein pädagogisches Ziel vor Augen, trotzdem war das schon ein geschickter Schachzug, mir, dem kleinen Buben, die Verfügungsgewalt über ca. 5% des Wochenbudgets zu übertragen. Das bedeutete, eine vernünftige Wahl für die Familie treffen zu müssen, für welche ich die Verantwortung trug, wobei ich auch kalkulieren musste, welches Produkt sich noch ausging. Wenn das nicht der erste Schritt in Richtung meiner späteren Ausbildung an der Handelsakademie war, was dann?

Aber nun zurück zu Herrn Eisendle, dem trockenen, humorlosen und leider auch knausrigen Filialleiter, der mich ja als regelmäßigen Kunden jeden Samstag bediente. Manchmal, und man sah, welche Überwindung ihn das kostete, schenkte er mir zwei, drei schon etwas hart gewordene Manner-Stollwerke („Stollies") – aber immerhin, so sprang auch für mich persönlich etwas heraus. Ein Wort noch zu unserem wöchentlichen Warenkorb: Zum Pflichtprogramm gehörten der schwarze Wecken (aus Sauerteig) aus der betriebseigenen Bäckerei, ein Stück Stangenkäse (die billigste Käsesorte) und ein Stück Braunschweiger (die billigste – grässlich schmeckende – Wurstsorte, manchmal trug es aber auch Extrawurst), ein Liter Milch in der Flasche, eine Thea (Margarine) und ein Bier für den Vater – was allerdings nicht heißt, dass er in der Woche nur eines getrunken hat – da wurde sozusagen schon extra zugekauft.

Neben dem Mölk-Geschäft gab es etwas später an der Ecke der Pradler Straße zur Amthorstraße noch ein Lebensmittelgeschäft namens „Thöni“. Auch in diesem Fall kann ich mich an den Inhaber des Geschäfts, Herrn Thöni, einen schwarzhaarigen Mann mit Brille und einer eher ausgeprägten Nase, noch gut erinnern. Sonst fällt mir zu diesem Geschäft wenig ein, außer dass „der Thöni“ das erste Geschäft war, das sich in Richtung Supermarkt öffnete. Laut Auskunft eines ehemaligen Mitarbeiters mussten durch die Existenz des supermarktähnlichen Geschäfts von Herrn Thöni zwölf andere Kleinanbieter schließen. Gegenüber dem Thöni auf der Westseite befand sich schließlich die dritte Metzgerei, und zwar der Müller-Metzger, äußerlich ein Max-Schmeling-Typ, den mein Vater, so glaube ich mich zu erinnern, vom Scharfen Eck her kannte. Der Müller war der billigste Metzger mit dem kleinsten Sortiment, aber er hatte wohl auch seinen Kundenstock, der seine Existenz sicherte.

Damit wäre die Geschäftsstraße Pradler Straße hinreichend beschrieben. Wir bleiben in der Straße, wechseln aber das Thema und landen bei der jenseits der Gaswerkstraße gelegenen neugotischen Pradler Pfarrkirche, die mit einem Platz vor der Kirche und den beiden Grünstreifen auf der Seite eine Art Insel – ob „der Seligen“ muss dahingestellt bleiben – bildete, die durch jeweils eine Nebenstraße vom Rest der Pradler Straße und von der Volksschule Leitgeb auf der nördlichen Seite abgegrenzt war und immer noch ist.

Pradler Kirche mit der Volksschule Leitgeb im Hintergrund.

DIE PRADLER KIRCHE UND DAS HOCHAMT AM STOCKBETT – DIE RELIGIÖSE PHASE

Die Kirche ist natürlich von zentraler Bedeutung für einen Stadtteil. Für mich als Volksschulkind war die Pradler Kirche aus verschiedenen Gründen sehr wichtig. Selbstverständlich mussten wir Volksschulkinder in der Pradler Kirche unsere erste Beichte ablegen, wir wurden dort zur Erstkommunion geführt und auch einige Zeit später dort gefirmt, übrigens von keinem Geringeren als dem damaligen Bischof Paulus Rusch, der als sehr konservativ und streng galt, so dass er auch bei solchen Anlässen kein Lächeln auf den Lippen trug.

Warum war die Kirche aber damals für mich persönlich so wichtig? Nun, das hat einmal damit zu tun, dass wir mit Stephan Lang einen sehr charismatischen Religionslehrer hatten, der gleichzeitig unter Pfarrer Kröss Kooperator an der Pradler Kirche war, was dazu führte, dass ich am Sonntag auch des Öfteren zwei Messen besuchte, um meinem damaligen Vorbild bei der Arbeit zuzusehen. Doch damit nicht genug. In meiner religiösen Phase ging die heilige Messe in meinem kleinen Zimmer in unserer Wohnung weiter, indem ich, am Stockbett (als Kanzel dienend) stehend, lautstark predigte, was auch manchem vorbeigehenden Hausbewohner nicht verborgen blieb. Eine mit Geschenkpapier und Weihnachtsgirlanden verzierte Schuhschachtel diente dabei als Tabernakel, zwei Kelche wurden mir von einer italienischen Bekannten der Familie gespendet, und ein umgewidmetes Leintuch mit aufgemaltem Kreuz als Messkleid vervollständigte meine priesterliche Ausstattung. Sollte es der Zufall wollen, dass mich meine gleichaltrige Cousine Christine besuchte, wurde sie sogleich – als Mädchen damals wohl in der einzigen „Kirche" in Österreich – als Ministrantin eingeteilt. Der Imitationswahn ging sogar soweit, dass ich versuchte, die Frisur unseres Pfarrers zu kopieren: er hatte sein schwarzes Haar mit viel Haarfett namens „Fit" gewissermaßen auf das Haupt „geklebt", was bei meinem gelockten Haar keine geringe Herausforderung darstellte. Auf jeden Fall hatten es meine Predigten vom Stockbett herunter in sich, wurden sie noch dazu durch ein zu einem Mikrophon umgewidmetes, rosafarbenes Blasrohr (eigentlich für das Abschießen von Gummipfeilen gedacht) vorgetragen.

Zurück zur Pradler Kirche: Meinen größten Auftritt in der Pradler Kirche hatte ich zweifellos als Solist unseres Schulchors, den unsere Musiklehrerin, Frau Wendl, leitete, deren markantes Spitznäschen – passenderweise zu ihrem Job oft als „Himmelfahrtsnase" bezeichnet – mir noch in bester Erinnerung ist. Bei meinem auf der Empore vorgetragenen „Ave Maria"-Solo drehten sich tatsächlich einige Kirchenbesucher in Richtung Empore um, um zu sehen, von wem denn dieser stimmliche Höhenflug stammte. Hier deutete sich wohl meine etwas später beginnende „Karriere“ bei den Wiltener Sängerknaben zum ersten Mal an, auf die ich später noch zu sprechen kommen werde.

DIE VOLKSSCHULE LEITGEB: ZEIT DER PRÄGENDEN EINDRÜCKE UND ERSTEN FREUNDSCHAFTEN

Die Leitgeb-Schule wurde für vier Jahre, von 1963 bis 1967, an jedem Wochentag mein morgendliches Ziel. Damals waren Knaben und Mädchen in der Volksschule noch selbstverständlich getrennt und so war ich natürlich in einer reinen Bubenklasse. Unsere Lehrerin in der ersten Klasse hieß Elfriede Erlacher, sie war sehr korrekt und konservativ gekleidet – Rock und Bluse waren damals noch für Lehrerinnen konkurrenzlos –, ihr Haar trug sie ausschließlich hochgesteckt, sie hatte ein schönes Lächeln, das ihr allerdings, leider, sehr selten über die Lippen kam. Im Grunde genommen war sie ziemlich streng und recht unpersönlich. Ihre Aufgabe als Lehrerin erfüllte sie aber sehr gut. Trotzdem waren wir nicht sehr traurig, als wir dann in der zweiten Klasse den Direktor der Schule, Josef Gassner, der schon eher am Ende seiner Lehrerkarriere stand, als Klassenlehrer bekamen. Auch er hatte sein Haar, wie die meisten Männer seiner Generation, streng zurückgekämmt, um nicht zu sagen auf den Kopf geklebt, trug meist braune Anzüge und rauchte Zigaretten der Marke C, die tatsächlich noch mehr stanken als die Austria 3 meines Vaters. Als Mann hatte er es in einer reinen Knabenklasse natürlich von Haus aus etwas leichter. Er war zwar streng, aber nicht autoritär, und wir lernten bei ihm all das, was Volksschüler eben lernen mussten. Von Stephan Lang, unserem Religionslehrer, war ja schon die Rede. Im Turnunterricht hatten wir einen dynamischen, jungen Blondschopf namens Eberharter und in Musik die schon angesprochene Frau Wendl, deren Sohn später mein Klassenkamerad in der Hauptschule werden sollte.

Meine Volksschulklasse in der Leitgebschule mit Lehrerin Elfriede Erlacher (Foto: Privatarchiv).

Die Schule wird aber für einen Volksschüler nicht nur von den Lehrern geprägt, sondern mindestens so stark auch von den Mitschülern. Das hieß folglich, man lernte von den anderen Altersgenossen manche mit der Zeit näher kennen. Da erhebt sich die Frage, wie Freundschaften in der Volksschule entstehen. Als Beispiele sollen zwei mögliche Modelle dienen, das erste soll die folgende Anekdote näher beleuchten:

Damals gab es ja noch die sogenannte „Schulmilchaktion“, d.h., man konnte entweder Milch oder Kakao, im Tetra-Pack mit Strohhalm geliefert, bestellen. Ich entschied mich für Kakao. Und so begab es sich eines

Morgens, dass der vor mir sitzende Schüler Markus Z. ein wunderschönes, rosa-weiß-kariertes Hemd anhatte. Die Makellosigkeit dieses nagelneuen Hemdes war von derart magischer Anziehungskraft für mich, dass ich nicht anders konnte, als meinen im Mund befindlichen Strohhalm mit Kakao vollzusaugen, die Spitze des Strohhalmes in Richtung des perfekten Hemds meines Vordermannes zu richten und zu blasen. Die Folgen waren, gelinde gesagt, verheerend. Das eben noch makellose Hemd zierte nun eine braune Spur von Kakao. An die Reaktion des Betroffenen kann ich mich nicht mehr erinnern, aber sie war sicher nicht sehr gravierend, da er die Ausmaße meiner Aktion ja auch nicht sehen konnte. Es dauerte allerdings nicht lange, bis die wütende Mutter des Jungen bei uns zu Hause auftauchte und meiner verdatterten Mutter berichtete, was passiert war. Nach einer entsprechenden Entschuldigung entstand bald eine Freundschaft zu Markus Z., der mit seinen Eltern im letzten Stock eines Hauses in der Rosegger Straße in einer kleinen Dachwohnung wohnte. Sein Vater hatte einen eher ausgefallenen Beruf, er war Pfeifendrechsler bei der Firma Lorenz in der Meinhardstraße. Seine Mutter Laura war im Prinzip Hausfrau, wurde allerdings einige Zeit später streng religiös, nachdem sie sich der Gruppe der Sieben-Tage-Adventisten angeschlossen hatte. Ihre Art zu reden änderte sich radikal – eine Art Betroffenheits-Singsang war der vorherrschende Tonfall –, und inhaltlich kamen in jedem zweiten Satz Wendungen wie „Der Herr sieht alles, weiß alles, hilft allen etc." vor. Meine Mutter, obzwar eigentlich auch religiös, stand dieser geballten Ladung von Religiosität etwas hilflos gegenüber und rettete sich mit Floskeln wie „aha" oder „interessant" und „was es nicht alles gibt" über die Runden.

Entwicklungspsychologisch gesehen war Markus Z. an zwei bahnbrechenden Tabubrüchen beteiligt, die beide mit Filmen zu tun hatten: Der erste davon passierte eines schönen Vormittags in den Semesterferien, als der ORF im Schichtarbeiterprogramm – übrigens eine Fundgrube für neugierige Jugendliche, abends nicht zugängliche Programme zu sehen – *den* Psychothriller „Psycho“ zeigte, den Markus und ich uns klammheimlich in der verwaisten Z.-Wohnung anschauten. Na ja, unheimlich war das Ganze schon, aber aus heutiger Sicht absolut harmlos, mit einem Mord, von dem man nur ein Rinnsal Blut in der Dusche zu sehen bekommt – und das nach einer stundenlangen, öden Autofahrt, während der absolut nichts passiert, außer dass es unaufhörlich regnet und der Scheibenwischer des Autos sich vor Vivien Leighs – zugegeben verstörtem – Gesicht hin und her bewegt.

Der zweite filmische Dammbruch bestand darin, dass uns Frau Z., deren religiöse Phase Gott sei Dank noch nicht eingesetzt hatte, ins Olympia Kino in der Höttinger Au begleitete, wo wir uns den Film „Nibelungen 2. Teil – Kriemhilds Rache“ ansehen wollten, der leider erst ab 14 Jahren freigegeben war. Wir waren damals höchstens neun oder vielleicht zehn Jahre alt und noch ziemliche Knirpse. Frau Z. meinte, dass unsere Einlasschancen durch das Tragen eines Hutes steigen könnten – und so traten wird dann dort auch auf, und ein amüsierter Kartenabreißer winkte uns mit einem Lächeln in Richtung der uns begleitenden Mutter von Markus durch. Sicher, am Ende bleibt bei Kriemhilds Rache nach einem ziemlichen Gemetzel eigentlich keiner mehr übrig, aber an heutigen Maßstäben bezüglich der Darstellung von Gewalt gemessen, war das Ganze recht harmlos – und überdies zählt eben dieses „Nibelungenlied“ mit all seinen Grausamkeiten heute immer noch zum Pflichtstoff des Deutschunterrichtes in den höheren Schulen. Also sahen wir etwas bereits in jungen Jahren, was dann in der Schule im Unterricht ohnehin behandelt wird.

Eine zweite, etwas weniger tiefe Freundschaft ergab sich durch einen ganz anderen Anlass. Wie es in Bubenklassen so üblich war – und vielleicht immer noch ist –, gab es auch in meiner Volksschulklasse ein Bedürfnis nach Hierarchie – einer musste der Boss der Klasse sein. Und da sich in meiner Klasse zwei einbildeten, das zu sein, begaben sich die beiden Aspiranten – Walter M., ein etwas schmächtiger Junge aus der Resselstraße und meine Wenigkeit, mit dem Ziel, „Bandenführer“ zu werden, in den Rapoldipark, wo – unter den Augen einiger Zeugen – derselbe in einem kurzen Raufhandel ermittelt wurde. Ich war etwas stärker und wurde somit „Bandenführer“. Rückblickend betrachtet muss sich da in meinem Naturell gegenüber meiner Kindheit und Jugend einiges geändert haben.

Der wichtigste Freund, mein Nachbar Burkhard Thalhammer, ging auch in meine Klasse. Zu ihm bestand bereits vorher eine freundschaftliche Beziehung, wobei vor allem ich bei ihm spielen konnte, da er ein eigenes, größeres Zimmer hatte. Und da gab es ein Spiel, das es uns besonders angetan hatte.

WINNETOU – DER TRAGISCHE HELD MEINER KINDHEIT

Unser beliebtestes Spiel damals war natürlich „Indianerspielen“, das heißt, einer war der „weiße“ Cowboy und der andere der Indianer, wie es damals noch – politisch unkorrekt – hieß. Übersetzt auf das damals eindeutig beliebteste Freundespaar der deutschen Filmgeschichte hieß das, einer war Old Shatterhand und der andere natürlich Winnetou. Karl Mays Bücher waren die einzigen, die ich als Jugendlicher – also etwas später – las, und dazu gab es damals auch die Winnetou-Filme von Constantin, mit Harald Reindl als Regisseur, die in allen Kinos gezeigt wurden. So waren wir mit den Inhalten bestens vertraut und konnten sie nachspielen. In diesem Zusammenhang muss ich eines meiner dramatischsten Kinoerlebnisse erwähnen: Es war, ich bin mir ziemlich sicher, der einzige Kinofilm, den mein Vater mit mir je gesehen hat, nämlich Winnetou 3. In diesem Film passiert das für mich absolut Undenkbare, ja Unfassbare, dass nämlich Winnetou am Ende stirbt, er wird von dem hinterhältigen Schurken Rollins erschossen. Für mich persönlich war eine Welt zusammengebrochen, mein Idol war gestorben – ich konnte es noch lange später nicht fassen. Aber in unseren Spielen lebte Winnetou natürlich weiter. Dieser Film, insbesondere Winnetou als bewunderte Figur, lebte natürlich auch sehr stark vom Schauspieler, der den charismatischen Apachen-Häuptling so kongenial in Szene setzte, nämlich von Pierre Brice, der damals in Deutschland und Österreich sogar zum Schlagerstar avancierte und mit Liedern wie „Ribana, in deinen ‚Harren‘ (=Haaren) weht der Wind“ und vor allem mit „So ein Tag, so wunderschön wie heute“ sogar auf dem ersten Platz der Hitparade landete, trotz – oder vielleicht gerade wegen – seines charmanten französischen Akzents.

In diesem Zusammenhang noch eine zusätzliche Anekdote: In der Zeitung hieß es zur Zeit der Winnetou-Kinofilme, Winnetou würde persönlich im Kaufhaus „Tyrol“ auftreten. Ich freute mich riesig, den filmischen Winnetou endlich einmal live zu sehen, umso enttäuschender war es dann, dass es sich nicht um den berühmten Pierre Brice, sondern um ein Double handelte. Es sollte bis zum Jahre 2008 dauern, dass der inzwischen schon 75-jährige „pensionierte Apachenhäuptling“ eine Lesung – kurz zuvor war seine Biografie erschienen – in der Wagner'schen Buchhandlung in Innsbruck hielt, von der ich zufällig im Vorbeigehen erfuhr und in der ich glücklicherweise noch einen Platz ergattern konnte. Als der immer noch viel jünger wirkende Franzose in seinem – trotz deutscher Ehefrau – immer noch nicht akzentfreien Deutsch die eine oder andere Anekdote von den Dreharbeiten zu Winnetou im Ex-Jugoslawien erzählte, fühlte sich so mancher im Publikum um vier Jahrzehnte zurückversetzt: in die Zeit von „Der Schatz im Silbersee“ und „Winnetou 1–3“. Und spätestens da war allen klar: Winnetou lebte!

DER RAPOLDIPARK

Das Stichwort Rapoldipark ist bereits gefallen. Dieser befindet sich bekanntlich in unmittelbarer Nähe der Leitgebschule und der Pradler Kirche. Der Rapoldipark war natürlich für ein Kind aus der Pradler Straße ein idealer Ort zum Spielen, zum Turnen und Klettern, ja, sich einfach ein wenig auszutoben. Dazu muss gesagt werden, dass der Rapoldipark in der Zeit meiner Kindheit (bis in die 1980er Jahre) wesentlich kleiner war als der heutige und dort endete, wo man jetzt über die Brücke Richtung Ententeich geht. Im Zentrum des Rapoldiparks befanden (und befinden sich noch) die drei weißen Grazien, bekannt als die „drei saligen Fräulein“, um die herum eine Art Springbrunnen angelegt ist. Ein, wenn nicht *das* Familienfoto unserer Familie wurde vor diesen drei Grazien gemacht.

Die Familie Dampf vor den „drei saligen Fräulein" Vater, Mutter, Bruder Walter und, leicht abseits, der kleine Pepi (Foto: Privatarchiv).

Der vordere, zur Straße gerichtete Teil des Parks war reine Grünfläche mit einigen Blumenrabatten und durfte damals noch nicht betreten werden. Die Grünflächen waren von roten Parkbänken gesäumt, auf welchen vor allem ältere Pradlerinnen und Pradler ein paar angenehme Stunden im Freien verbringen konnten. An einem der Eingänge zum Park befanden sich auch zwei Telefonzellen, die damals noch von großer Wichtigkeit waren. Man bedenke in diesem Zusammenhang, dass ärmere Familien, wie zum Beispiel meine, kein Telefon in der Wohnung hatten und somit „telefonieren gehen" mussten. Eine traurige Randnotiz dazu ist, dass Jahrzehnte später eine Studentin in einer der beiden Telefonzellen ermordet wurde.

Im eigentlichen Spielbereich gab es eine Sandkiste, in der man seine Kreativität ausleben konnte, eine Art Karussell, das aus drei rotierenden Gestängen bestand, sowie ein auch aus Rohren bestehendes Klettergestell – und das war's schon. Bescheiden, wenn man bedenkt, wie viele verschiedene Spielgeräte sich heute im Rapoldipark befinden. Die meiste Zeit verbrachte man als Kind sicher in der Sandkiste, wobei man Schaufel, Kübel, aber auch Autos selbst mitbrachte. In diesem Zusammenhang möchte ich auf eine persönliche Begebenheit zu sprechen kommen, die die Bedeutung eines öffentlichen Parks einerseits und die, sagen wir es offen, Kinderfeindlichkeit der damaligen Gesellschaft andererseits beleuchtet.

Das Haus, in dem ich mit meiner Familie wohnte, hatte einen kleinen Hof, in dem sich die Mülleimer befanden. Der Hausbesitzer, Herr H., wohnte selber im Nachbarhaus. Er war ein kleingewachsener Mann mit kahlem Kopf, weshalb diesen wohl immer ein Hut zierte, den er beim Grüßen stets leicht anhob. Er trug einen Anzug und man sah ihn grundsätzlich nur mit einer alten Aktentasche. Insgesamt war er ein sehr unauffälliger, leiser, beinahe devoter Mann – der klassische Beamte, der seine Pflicht erfüllte. Ein Mann, und das sei hinzugefügt, der wohl von seiner starken Frau des Öfteren herumkommandiert wurde. Warum ist das alles zum Verständnis der folgenden Anekdote wichtig? Weil ich als kleiner Bub irgendwann einmal einen kleinen Streifen mit Sand an der Hausmauer im Hof entdeckt hatte, der sich zum Spielen eignete. Da mein Vater damals noch Kraftfahrer war und ich sehr bewunderte, wie er mit den LKWs durch die Gegend kurvte, wollte ich es im Spiel natürlich meinem Vater gleichtun, baute imaginäre Straßen entlang der Hausmauer, auf denen dann meine Spielautos fuhren – und machte dazu natürlich auch die passenden Autogeräusche. Das ging so eine Zeit lang, bis meine Mutter eines Tages einen Brief von Herrn H. im Briefeinwurf vorfand, der da lautete: „Wenn Ihr Sohn noch einmal verbotenerweise im Hof spielt, werden Sie gekündigt." Das war wie ein Schock, da für meine Familie diese unter Mieterschutz stehende, günstige Wohnung eine Art Überlebensgrundlage war, bedenkt man den geringen Lohn, den mein Vater wöchentlich nach Hause brachte.

Stichwort Kinderfeindlichkeit. Der Hof diente der Partei im Parterre zum Wäscheaufhängen, den anderen nur zur Müllentsorgung, damals natürlich noch ungetrennt. Auch der Nachbargarten gehörte Herrn H. und war mit einigen Blumen und Sträuchern bestückt. Es wäre überhaupt kein Problem gewesen, zumindest in einem Teil des Gartens Spielgeräte, Sandkisten usw. für die wenigen Kinder, die in seinen beiden Häusern wohnten, einzurichten. Aber das war damals einfach noch kein Thema, dass ein Hausherr, so die symbolträchtige Bezeichnung, Geld dafür ausgab und auch die damit verbundene „Lärmbelästigung" in Kauf nahm. Durch diesen Eklat wurde uns mehr als deutlich gemacht, dass Spielen ausschließlich anderswo möglich war. Neben dem Rapoldipark gab es noch andere Orte, allerdings war das Ballspielen und Lärmen auch in wesentlich größeren Höfen, wie zum Beispiel im Bereich der Langstraße, verboten, auch wenn sich dort nicht alle daran hielten und gegenüberliegende Teppichstangen zweckentfremdet als Fußballtore verwendet wurden. Im räumlich ziemlich beengten Rapoldipark, dessen Grünflächen damals natürlich für die Besucher noch tabu waren, gab es noch keine Möglichkeit, irgendwelche Ballspiele zu betreiben. Seit der Erweiterung gibt es zwischen Rapoldipark und Leitgebschule einen richtigen Fußballplatz mit Toren und allem, was dazugehört – wie schön für die nachkommenden Generationen!

VON DER LEITGEB SCHULE BIS ZUM NÖRDLICHEN ENDE DER PRADLER STRASSE

Kehren wir nach diesem Ausflug in die Schul- und Spielwelt der Kinder und Jugendlichen wieder in die Pradler Straße zurück. Ging man diese nach der Leitgebschule in Richtung Norden weiter, so tauchte rechter Hand eine weitere Bäckerei namens „Roilo" auf. Das Schaufenster war mit ein paar blassen Semmeln und einem wenig spektakulären, standardmäßigen Schwarzbrot äußerst dürftig gestaltet. Man musste diese Bäckerei über den Hauseingang betreten. Der Pächter, Herr Roilo, war ein schon ziemlich alter, klein gewachsener Mann, der ebenso blass war wie seine Semmeln, die er auch selbst verkaufte. Das ebenfalls eher bescheidene Geschäftslokal bot aber insbesondere für uns Kinder einige interessante Süßigkeiten, sodass wir gerne beim Roilo vorbeischauten.

Ein paar Schritte weiter bot sich einem der Blick auf einen kleinen, aber wichtigen Platz, befand sich dort doch seit jeher der Dorfbrunnen, an dem wir Schüler nicht vorbeikamen, ohne daraus Wasser zu trinken. Mineralwasser war bekanntlich damals noch kein Thema und so konnte man mitten in der Stadt seine Flüssigkeitsstände gratis auffüllen. Hinter dem Dorfbrunnen gab es lange Zeit einen sogenannten „Taschner", der neben Handtaschen und Koffern auch Schultaschen und diverse Lederwaren herstellte und verkaufte. Von seinem Laden habe ich immer noch den ausgeprägten Geruch des Leders in Erinnerung sowie auch den Eindruck, dass es ein mit allen Arten von Taschen überfüllter Raum war.

Der alte Pradler Dorfbrunnen, mit veränderter „Geschäftswelt".

Kommen wir nun zum nördlichen Ende der Pradler Straße, wo in einem spitz zusammenlaufenden Gebäude das Sportgeschäft „Kiefer" relativ prominent positioniert war. Noch vor der Existenz der großen Sportgeschäftsketten war der Sport Kiefer ein wichtiger Treffpunkt für Sportler aller Art. In der Auslage waren vor allem Skier und Winterausstattung zu bewundern, die führenden Marken, die man in der Auslage betrachten konnte, waren damals Kneissl, Atomic und die französische Marke Rossignol, die aber wohl für Patrioten nicht in Betracht kam, waren doch die Franzosen damals die Hauptkonkurrenten der Österreicher im Skisport.

Wer erinnert sich in diesem Zusammenhang nicht an die sportliche Rivalität zwischen dem französischen

Skistar Jean Claude Killy und unserem österreichischen Ski-Idol Karl Schranz, dem zumindest zweimal in seiner Karriere übel mitgespielt wurde. Zum einen werde ich nie vergessen – wir hatten damals bereits einen Fernseher –, wie Karl Schranz es 1968 bei der Winterolympiade in Grenoble beinahe geschafft hätte, dem Favoriten Killy seinen Dreifachtriumph streitig zu machen – und das in seiner schwächsten Disziplin, dem Slalom. Um mit Toni Thiel, dem legendären Sportreporter der Tiroler Tageszeitung, zu sprechen, der seine Montagkolumnen immer mit: „Und das geschah" begann, trug sich das wie folgt zu: Also, Schranz war ausgeschieden, weil bei äußerst schlechter Sicht ein Streckenwärter in die Piste gelaufen war. Daraufhin ließ man ihn, verständlicherweise, nochmals starten und er schaffte das Unglaubliche: Bestzeit und Sieg. Im Nachhinein wurde ihm der Sieg dann aber doch noch aberkannt und Killys Dreifachtriumph war dadurch perfekt.

Die zweite krasse Benachteiligung ließ Schranz dann, in einer Art Märtyrerrolle, zu einem wahren Nationalhelden werden. Das hört sich heute, zu Zeiten des im Superkapitalismus angekommenen Sports, geradezu absurd an. 1972 wurde durch einen in einer lokalen Zeitung veröffentlichten Schnappschuss bekannt, dass Schranz bei einem Jux-Fußballspiel ein Trikot getragen hatte, auf dem der Name einer nationalen Kaffeefirma zu lesen war, wodurch er angeblich gegen die damals sehr strengen Amateurbestimmungen verstoßen hatte. IOC Präsident Avery Brundage schickte Schranz noch vor Beginn der Rennen nach Hause – und wurde so zur Hassfigur aller Österreicher. Karl Schranz wurde daraufhin in Wien am Heldenplatz ein wahrhaft heldenhafter Empfang bereitet und er musste, wie einst ein ganz anderer Österreicher, vom Balkon das Wort an das Volk richten. Bundeskanzler Kreisky, der neben ihm stand, soll ihm zuvor zugeflüstert haben: „Jetzt müssn's reden". Ja, neben Winnetou gab es damals noch durchaus reale Helden.

DIE WESTLICHE GUMPPSTRASSE

Kehren wir nach der intensiven Begehung der Pradler Straße wieder zum Ausgangspunkt, meinem Wohnhaus am Schnittpunkt von Pradler Straße und Gumppstraße, zurück.

Es gab nicht viele gemeinsame Aktivitäten, die mein Vater mit mir unternahm, aber zu Allerheiligen nahm mich mein Vater stets an der Hand und wir brachen Richtung Friedhof auf. Vor dem Friedhofsbesuch mussten wir aber noch Blumen für das Grab meines Großvaters besorgen. Zu diesem Zwecke bogen wir Richtung Westen in die Gumppstraße ab.

DAS POLITISCHE PRADL: DER SEIPEL-ATTENTÄTER

Wir passierten auf der rechten Seite, an der Ecke zur Körnerstraße, das Café Rainer, das auch eine gewisse Zeit das bevorzugte Gasthaus meines Vaters war und seinen Gästen auch ein paar Tische im Freien bot, die sich in der wärmeren Jahreszeit großer Beliebtheit erfreuten. Genau gegenüber gab es damals noch die Konditorei „Walter“, die später dann in die Pradler Straße, gegenüber der Leitgeb-Halle, übersiedelt ist und von der mir persönlich die ausgezeichneten Cremeschnitten in Erinnerung blieben. Es handelte sich um einen reinen Familienbetrieb, wobei die männlichen Mitglieder der Familie Walter einen gewissen asiatischen Einschlag in ihren Gesichtszügen teilten. Die sehr freundliche Frau Walter hatte das Sagen im Geschäft, die Männer arbeiteten offensichtlich in der Backstube und man sah sie nur, wenn sie die Kuchen und Torten auf ihren umweltfreundlichen Fahrradtransportern lieferten. An Sonntagen leistete sich auch meine Familie manchmal einen Kuchen vom Walter.

Dort, wo sich schon seit Jahrzehnten die Shell-Tankstelle mit dem Restaurant im 1. Stock, genannt „Sonnpark“, befindet, gab es zur Zeit meiner Kindheit noch Grünflächen mit einigen Schrebergärten und die Gärtnerei „Widmann“. Der Inhaber gleichen Namens war ein Bekannter meines Vaters, ich habe auch ihn noch sehr genau vor meinem geistigen Auge: Er trug eigentlich immer einen Hut mit nach oben gebogener Krempe, auf seiner Nase saß eine Hornbrille mit extrem dicken Gläsern, das Kinn war etwas nach vorne gerichtet, insgesamt war sein Gesichtsausdruck verkniffen, was gut zu seiner undeutlichen Art zu reden passte.

Zu Allerheiligen und bei so manchen Geburtstagen übernahm es immer mein Vater, Blumen für das Grab meines Großvaters zu besorgen, da er Herrn Widmann ja kannte, mit ihm gerne plauderte, um dann in seinem recht großen Eingangsbereich ein Schnapserl mit ihm zu trinken.

Dabei erinnere ich mich, wenn auch sehr vage, noch an ein altes Männlein, das an einem im Eck befindlichen Tisch saß und mir als Kind ziemlich unheimlich war. Der alte Mann war vollkommen in Schwarz gekleidet, trug stets einen Hut mit breiter Krempe, unter dem prominent eine wirklich auffallend lange und spitze Nase hervorragte. Auf derselben saß eine schwarze Hornbrille, und seinen schmallippigen Mund zierte, ja man muss es so nennen, ein Hitler-Bärtchen. Die Wangen wirkten eingefallen, wohl auch deshalb, weil der alte Mann zumindest im Oberkiefer keine Zähne mehr hatte. Offensichtlich war er mit Herrn Widmann befreundet und wärmte sich gerne bei diesem auf. Ich hatte natürlich keine Ahnung, wer dieses Männlein war, ich nehme an, dass es mein Vater wusste, kann mich aber nicht erinnern, dass er mich über dessen Identität aufgeklärt hätte.

Irgendjemand hatte mir aber später, bereits nach dessen Tod, erzählt, um wen es sich bei diesem rätselhaften Mann, den man auch oft auf seinem schwarzen Waffenrad mit einer großen Holzkiste auf dem Gepäckträger durch Pradl fahren sah, handelte. Und zwar um niemand Geringeren als um jenen jungen Sozialisten, der am 1. Juni 1924 das Attentat auf Bundeskanzler Seipel verübt hatte und Karl Jawurek hieß. Wie verschlug es diesen nach Tirol, und warum ausgerechnet nach Pradl? Nun, Jawurek war als junger Mann überzeugter Sozialist, dem die Politik des katholischen Prälaten Seipel zutiefst verhasst war, so dass er beschloss, ihm aufzulauern und ihn zu erschießen. Jawurek lauerte Seipel auf, drückte ab, traf ihn mit zwei Schüssen und richtete dann die Pistole gegen sich selbst. Doch beide, Opfer und Täter, überlebten. Jawurek wurde zu vier Jahren Haft verurteilt, von denen er nur zweieinhalb absitzen musste. Bundeskanzler Seipel verzieh bald dem inzwischen reumütigen Täter und soll ihn sogar im Gefängnis besucht haben. Bei dessen vorzeitiger Entlassung ließ er dem einstigen Attentäter 200 Schilling zukommen, als Starthilfe in ein neues Leben sozusagen. Ein beeindruckendes Beispiel von großmütigem Verzeihen eines christlich-sozialen Politikers, der noch dazu den Ruf hatte, besonders hart gegen die Arbeiterschaft vorzugehen – bemerkenswert, könnte man im Hinblick auf die fehlende ethische Ausrichtung der Nachfolgepartei anmerken.

Natürlich konnte Jawurek nicht in seinen angestammten Ort zurückkehren, beschloss wohl deshalb, nach Tirol auszuwandern und siedelte sich dort in

Pradl an. Tirol war weit weg von Wien und möglicherweise war ihm der Stadtteil Pradl mit seinen vielen Arbeitern sympathisch. Apropos sympathisch: Nicht wenige Frauen kannten dort bald den dem weiblichen Geschlecht offensichtlich sehr zugeneigten Außenseiter, der mit seinem Fahrrad und seiner Kleidung ja auch unübersehbar war. Und angeblich soll er auch manchen von zu Hause weg gelaufenen Frauen und Mädchen in seiner barackenartigen Behausung im Pradler Saggen Zuflucht geboten haben, wobei viele ihre eigene Meinung darüber hatten, worin die Entschädigung seitens der gestrandeten Frauen bestand.

Je älter Jawurek wurde, desto mehr avancierte er zu einem Innsbrucker Original, welches auch das Interesse so mancher Zeitschrift weckte. Insbesondere die Zeitschrift ECHO ist hier zu erwähnen, der er für einen geringen Betrag seine „Memoiren" verkaufte, die diese dann in einem ausführlichen Artikel anlässlich Jawureks 80. Geburtstag wiedergaben.

Der zu einem Innsbrucker Original avancierte Ex-Attentäter Karl Jawurek mit seinem traditionellen Waffenrad (!) (Foto: Echo, 1977).

Schließlich starb der einstige Seipel-Attentäter Karl Jawurek 1977 80-jährig in Innsbruck. Am erstaunlichsten dabei ist, dass eine Figur, die beinahe entscheidend in die Geschichte Österreichs eingegriffen hätte, trotz ihrer auffälligen Erscheinung lange Zeit weitgehend unerkannt und unbeachtet im Stadtteil Pradl in Innsbruck leben konnte.

PRADLER FRIEDHOF

Also, die Friedhofsblumen in der Gärtnerei Widmann waren gekauft und mein Vater und ich setzten unseren Weg Richtung Pradler Friedhof mit einem Chrysanthemen-Stock unter dem Arm fort. Am Allerheiligentag war dort vor dem Haupteingang stets ein Maronibrater postiert, der Duft der Maroni war schon von weitem wahrzunehmen und dort angelangt, kaufte mein Vater immer ein Sackerl voll heißer Maroni, die wir dann gemeinsam verzehrten. Daraufhin gingen wir zum Grab meines Großvaters Josef, dem ich, wie gesagt, meinen Vornamen verdanke. Mein Großvater war 1953, vier Jahre vor meiner Geburt, gestorben, und als ich auf die Welt gekommen war, bat meine Großmutter meine Mutter inständig darum, es möge „ein Peppi" werden, in Erinnerung an ihren Mann. Und so geschah es denn auch, meine Mutter gab dem Drängen nach und die Namen Wilhelm und Manfred waren, Gott sei Dank, Geschichte.

Der Friedhofsbesuch war für mich immer etwas abstrakt, da ich ja meinen Großvater väterlicherseits – ebenso wie meinen Großvater mütterlicherseits, aber das ist eine ganz andere, viel kompliziertere Geschichte, die ich in meinem ersten Buch festgehalten habe – nicht gekannt hatte. Auf jeden Fall war der Friedhofsbesuch aber eine der wenigen Ausgänge, die ich allein mit meinem Vater unternahm.

Eine weitere Erinnerung, die ich mit dem Pradler Friedhof verbinde, ist mein einziger Auftritt als Ministrant – und das ausgerechnet bei einem Begräbnis. Mir ist nicht mehr in Erinnerung, ob dieser Auftritt der Auftakt zu einer ausführlicheren Ministrantenkarriere werden sollte oder einfach als einmaliges Schnuppererlebnis gedacht war. Auf jeden Fall trafen ein Kollege und ich uns mit dem für das entsprechende Begräbnis vorgesehenen Pfarrer, und ich erinnere mich sehr genau daran, um wen es sich dabei handelte, nämlich um den derzeitigen Pfarrer der Gemeinde Patsch, Norbert Gapp. Er war schon in jungen Jahren eine schillernde Persönlichkeit. Einerseits vom Äußeren her, hatte er doch schon graues Haar, das er in Form einer Bürstenfrisur trug. Seine Gesichtsfarbe wechselte mit dem Verlauf der Predigten von Rot zu Super-Rot und, auch auffällig, sein Hals wuchs dabei zu beachtlicher Größe an. Seine Predigten trug er in einem sehr feierlichen, salbungsvollen Ton vor, was seine totale Hingebung an seine Berufung zusätzlich unterstrich. So auch bei diesem Sterbegottesdienst auf dem Pradler Friedhof, bei dem es meine bescheidene Aufgabe war, das kleine Weihrauch-Behältnis zu tragen. Von den beiden Ministranten fiel meinem Kollegen die, aus meiner Sicht, wesentlich bedeutungsvollere Rolle zu, den Weihrauchkessel schwenken zu dürfen. Möglicherweise war diese kleine Enttäuschung dann der Grund, weswegen ich meine Karriere als Ministrant nicht fortsetzte und sich diese auf ein einziges Begräbnis beschränkte.

Was das damalige Aussehen des Friedhofs betrifft, so gab es nur den nördlich von der Wiesengasse gelegenen Teil, der südliche Teil entstand erst später im Zuge der dringend nötigen Vergrößerung und beherbergte auch einen sich stetig vergrößernden Urnenfriedhof. Die Errichtung des Krematoriums in unmittelbarer Nähe des Friedhofes war nur eine logische Folge dieser religiösen Neuorientierung der Bevölkerung. Die aus der noch vor 1964 gültigen christlich-katholischen Tradition heraus unverzichtbare Erdbestattung verlor sowohl aus rein praktischen (Platz)Gründen wie auch durch den Rückgang der Religiosität vieler Bewohner von Innsbruck an Bedeutung. Denkt man an die Vergrößerung der Flächen der Friedhöfe, stellt die Form der Feuerbestattung eine wichtige Entlastung einer von Raumnot geplagten Stadt wie Innsbruck dar. Selbst die Einrichtung eines Krematoriums war lange umstritten und somit ist wohl auch die Standortwahl – neben der Autobahn in der Peripherie des Stadtteiles Pradl – zu erklären.

DIE ZEIT AM TOLLINGERHOF

Mit meiner Mutter beschritt ich für einige Zeit meiner Kindheit auch den eben beschriebenen Weg über die Gumppstraße, allerdings gingen wir an der Gärtnerei Widmann vorbei, rechts am neuen Tivoli Schwimmbad entlang, die Knollerstraße zur Rechten, vorbei an der Feuerwehr und dann, links abbiegend, das Sillufer entlang, unter der Olympia-Brücke durch bis zu den Sillhöfen. Zur Schonung ihrer damals schon lädierten Bandscheiben stützte sich meine Mutter auf mich, der ich auf meinem geliebten roten Roller neben ihr herfuhr. Die Schwester meines Vaters, meine Tante Traudl, hatte mit Ferdinand Tollinger einen Großbauern aus Innsbruck geheiratet, dessen als Sillhöfe bekanntes Anwesen sich im Süden Pradls befand. Als ich etwa zwischen sechs und acht Jahre alt war, arbeitete meine Mutter für meinen Onkel, und zwar vor allem Küchenhilfe, aber auch auf dem Feld, wenn zum Beispiel bei der Kartoffelernte besonders viele Hände zum „Kartoffelaufklauben“ benötigt wurden.

Das Anwesen bestand aus einem Stall mit 68 Kühen, die jeden Tag das ablieferten, was man in Innsbrucks Lebensmittelgeschäften dann als „Tollingers Kindermilch“ kaufen konnte. Die Milch wurde mit dem Prädikat „Vorzugsmilch“ ausgezeichnet, weil sie direkt in Flaschen abgefüllt und morgens persönlich von meinem Onkel Ferdl an die umliegenden Geschäfte ausgeliefert wurde.

Die Tollinger-Kühe schön aufgefädelt im Stall (Foto: Privatarchiv).

Natürlich wurde die Milch damals noch in Flaschen abgefüllt, weswegen es auch eine Flaschenwaschanlage gab, auf die ich nun kurz eingehen möchte. Diese Anlage befand sich in jenem Gebäude, das unmittelbar nach der Einfahrt auf der Westseite des Hofes gelegen war und aus drei Räumen bestand. Verantwortlich für die Flaschenreinigung war ein gewisser Heinz, ein schwarzhaariger, großgewachsener Typ mit einem etwas pockennarbigen Gesicht, der wahrscheinlich Ende zwanzig und ein ziemlich lässiger und attraktiver junger Mann war. Außerdem mochte er offensichtlich Kinder und freute sich, wenn ich bei ihm vorbeischaute. Für mich bot die Waschanlage natürlich einen interessanten Anblick: Heinz war vornehmlich damit beschäftigt, die verschmutzten Flaschen auf spezielle Spieße mit Gummiaufsätzen zu stecken, die dann auf einer in einer Art Bottich befindlichen Walze mit diversen Chemikalien gesäubert wurden. Danach gab es noch einen Spül- und Trockenvorgang. Während also Heinz die einzelnen Spieße mit Flaschen bestückte, erzählte er mir Geschichten, die sehr unterhaltsam, oft auch lustig waren. So wurde seine monotone Tätigkeit für ihn etwas weniger langweilig und in mir hatte er einen aufmerksamen Zuhörer. Später sollte mir Heinz dann bei der Speditionsfirma Gottardi & Haindl, bei der lange Zeit auch mein Vater als Beifahrer arbeitete, wieder über den Weg laufen und erst damals wurde mir klar, dass Heinz ein ziemliches Alkoholproblem hatte.

Über der Waschanlage waren die Zimmer der sogenannten „Knechte“, die mein Onkel für die Bewirtschaftung des Hofes beschäftigte. Ich erinnere mich an einen schon ziemlich alten Mann namens Engele; an sein zerfurchtes, rotbraun gefärbtes Gesicht, seine gebogene Nase, über der sich, tief eingebettet, zwei blaue Augen befanden. Engele nuschelte sehr ausgeprägt und so musste man genau zuhören, wenn er etwas sagte, wobei die meisten seiner Sätze mit der Bestätigungsfloskel „woasch“ („you know“) eingeleitet wurden. Der zweite Knecht war auch schon ein älterer Mann namens Weiß, ein zurückhaltender, recht unspektakulärer Typ, der wenig sprach und einfach konsequent seine Arbeit verrichtete.

Da mein Vater damals noch Kraftfahrer und stolz darauf war, mit großen Brummern herumzufahren, hatte ich ein ausgeprägtes Interesse für alles Fahrbare, auch für Traktoren, von denen es am Tollinger-Hof vorerst zwei schon etwas ältere Modelle gab: Einen grünen Traktor ohne Dach, der für diverse Tätigkeiten wie Mähen oder Heuaufladen verwendet und von Engele gesteuert wurde und ein überaus lautes, sich langsam aufbauendes, knatterndes Motorengeräusch hatte. Mein Lieblingstraktor war aber der andere: Das war auch ein grünes, aber kompakter konstruiertes, überdachtes Gefährt, das vor allem für den Transport bzw. als Zugmaschine genutzt wurde. Mein großer Traum wäre es natürlich gewesen, einmal meinen Lieblingstraktor selber steuern zu dürfen. Mitfahren durfte ich des Öfteren, was hieß, dass ich auf dem seitlich angebrachten Sitz thronte und mit dem alten Weiß plauderte. Aber mein Traum ließ mir keine Ruhe und so schlich ich mich eines Vormittages einmal in die Garage, in der mein Lieblingstraktor stand und machte, um nicht entdeckt zu werden, die Türe zu. Da ich natürlich keinen Schlüssel zum Starten hatte, blieb mir nur die – ohnehin viel aufregendere – Variante, den Traktor zu starten, indem ich die Kurbel, die vorne im Motor steckte, so schnell zu drehen versuchte, dass der Motor ansprang. Womit ich allerdings nicht gerechnet hatte, war, dass der Gang eingelegt war und es so kaum möglich war, auch nur eine Umdrehung zu schaffen. Mit letzter Kraft gelang mir dann aber zumindest eine Umdrehung, was zur Folge hatte, dass der Traktor einen Sprung nach vorne machte und mich in gefährliche Nähe zum Garagentor katapultierte. Nach dieser Schrecksekunde verging mir die Lust auf ein derartiges Abenteuer gehörig und so musste ich mein Vorhaben, einen Traktor zu starten, vorerst wieder auf Eis legen.

Onkel Ferdl persönlich am Steuer meines Lieblingstraktors (Foto: Privatarchiv).

Auf der rechten Seite des Gebäudes, in dem die Knechte untergebracht waren, gab es ein Wohnhaus, das wohl das alte Wohngebäude der Familie Tollinger gewesen war und in welchem nun die Mutter von Onkel Ferdl, zusammen mit einer sehr charmanten Haushälterin namens Friedl, lebte, an deren breites Lachen, Pagenschnitt und südösterreichischen Dialekt ich mich noch erinnern kann. Ich wunderte mich manchmal, dass Onkel Ferdls Mutter alleine in diesem Haus versorgt und untergebracht wurde und dadurch ziemlich isoliert vom gesamten Geschehen, aber auch vom Familienleben im Hof gewesen war.

Womit wir bei der Familie meines Onkel Ferdl angekommen wären: Dieser stand ein Alleinherrscher vor, denn mein Onkel hatte eine ausgeprägte Art, seine unangefochtene Führungsrolle am Hof auch entsprechend auszuleben. Tante Traudl war, als seine Frau und somit Chefin des Hofes, auch ziemlich streng. Trotzdem war sie sich aber auch nicht zu gut, regelmäßig im Stall beim Füttern und Ausmisten Hand anzulegen. Und die beiden hatten einen Sohn namens Fredi, der den Namen des Vaters in kindgerecht abgewandelter Form trug. Fredi, ein richtiger Naturbursche mit beeindruckender Statur, war zu meiner Zeit am Hof aber kaum präsent, da er seine Schulausbildung im Internat absolvierte. Wenn er aber da war, so waren die Hände, die er schüttelte, in absoluter Quetschgefahr, so fest drückte Fredi zu und schien die wehleidige Reaktion seiner Gesprächspartner fast zu genießen. Damals war Fredi schon so etwas wie ein Kraftlackel, der wohl über einsneunzig groß war, eine Bürstenfrisur und ein strahlend weißes Gebiss mit kleinen Lücken zwischen den Zähnen hatte. Meistens zierte seinen Mund, vor allem Jüngeren gegenüber, ein hintergründiges Lächeln. Der Grund für seine zweite längere Abwesenheit vom Hof war, dass er als Alleinerbe zwecks Übernahme des Hofes eine Schule für landwirtschaftliche Berufe in Leoben absolvierte. Das wird wohl auch der Grund dafür gewesen sein, warum Fredi eines Tages mit einer zarten steirischen Volksschullehrerin namens Ilse auf dem Tollinger-Hof aufkreuzte, die er dann bald auch heiratete.

Das war dann die erste Hochzeit in unserer Großfamilie, die wirklich im größeren Stil gefeiert wurde, das heißt mit über hundert Gästen: darunter natürlich die gesamte Familie Dampf, bestehend aus meiner Großmutter Sophie – sie war so etwas wie das Zentrum, oder besser ausgedrückt der Boss der Familie – und ihren fünf Kindern: Eben die bereits beschriebene Tante Traudl, die charakterlich eine etwas rauere Persönlichkeitsstruktur hatte; Tante Hanni, die als Älteste ein bisschen außerhalb stand, weil ihr einfaches, bescheidenes Leben mit einem von Geburt an herzkranken Sohn wenig Anlass zu überschwänglichem Lebensgenuss bot; Tante Ria (Maria), die eine souveräne, gebildete Dame mit einer wirklichen feinen und vornehmen Art war; mein Onkel Franz, der Zwillingsbruder meines Vaters, der als Wirt in die Fußstapfen der Mutter getreten und mit Tante Pauli verheiratet war und schließlich mein Vater, der, das muss leider gesagt werden, in dieser Wohlfühloase und erfolgsverwöhnten Mittelstandsatmosphäre, vor allem meines Onkels Franz, oft wie das schwarze Schaf der Familie wirkte, wozu er sicher durch gewisse Aktionen auch selber beigetragen hatte.

Aber nun zurück zur Hochzeit von Fredi Tollinger, die in einem Gasthof in Südtirol gefeiert wurde. Dort wurde natürlich fürstlich gespeist und danach auch getanzt, was mir die Gelegenheit gab, mit meiner Lieblingscousine Christa zu tanzen. Ja, Christa, die jüngste Tochter von Onkel Franz und über Jahre hinweg meine bevorzugte Spielpartnerin, besuchte mit mir später auch den gleichen Kindergarten und war eine Art Schutzherrin von mir. So sorgte sie zum Beispiel stets dafür, dass ich eine richtige Frisur hatte, das heißt ohne Locken, glatt gebügelt. Tante Pauli, ihre Mutter, übernahm liebenswerterweise die Aufgabe, mich so einzukleiden, dass man mich durchaus für ein Mitglied ihrer eigenen Familie halten konnte. Unsere gegenseitige Zuneigung war so groß, dass Christa und ich ernsthaft vorhatten, beim Papst anzusuchen, um als Cousins heiraten zu dürfen. Deshalb fiel der Tanz mit Christa bei Fredis Hochzeit auch entsprechend stürmisch aus und wir bekamen anerkennenden Applaus von allen Seiten.

Onkel Ferdl war für mich natürlich eine absolute Autorität, vor dessen Strenge ich mich manchmal zwar fürchtete, dessen väterliche Fürsorge ich aber auch genoss. Das lässt sich an einer Begebenheit festmachen.

Onkel Ferdl hatte einen blauen VW-Pritschenwagen mit der Nummer T 5002 (die habe ich heute noch im Kopf). Um fünf Uhr früh lieferte er damit höchstpersönlich seine Vorzugsmilch an seine Innsbrucker Geschäftskunden aus. Nach seiner morgendlichen Tour rief er mich am Vormittag, wenn er mich gerade sah, zu sich und fragte: „Peppele, mag'sch mitfoahrn?", was ich natürlich sofort bejahte. Daraufhin lud er den Schäferhund Enzo, dem ich ein gesondertes Kapitel widmen werde, auf die nicht abgedeckte Ladefläche, packte mich auf den Beifahrersitz und los ging's in Richtung einer Metzgerei in Altpradl, nahe der Pradler Brücke. Onkel Ferdl war dabei stets bester Laune und pfiff in einer derartigen Lautstärke, dass das Führerhäuschen des Pritschenwagens nur so dröhnte. Als wir dann bei der Metzgerei ankamen, fragte mich der Onkel: „Peppele, will'sch a Fleischkaassemmel" – eine Fleischkässemmel war zur damaligen Zeit ein kleiner Luxus – und so war ich entsprechend begeistert: „Ja, gerne!". Da verschwand der Onkel Ferdl für ein paar Minuten und kam mit herrlich duftenden Fleischkässemmeln für uns beide zurück, die wir dann nebeneinander im VW Pritschenwagen sitzend genossen – nur schade, dass mein geliebter Hund Enzo davon nichts abbekam. Warum ihn der Onkel mitnahm, ob er ihm einfach eine schöne, interessante Fahrt durch die Stadt ermöglichen wollte, das wusste wohl nur er. Und mit einem noch lauter pfeifenden Onkel Ferdl ging es dann wieder zurück zum Sillhof.

Ein zweites Ziel, zu dem er uns – Hund Enzo und mich – mitnahm, war der sogenannte „Ferrari-Hof". Das war jener Bauernhof, der unterhalb der wohl allen Innsbruckern bekannten Ferrariwiese gelegen war. Ein Grund, warum viele Innsbrucker diese Wiese kannten, ist, dass die Ferrari-Wiese Rodlern oder Kindern, denen ihre Eltern das Skifahren beibrachten, die ersten „Rutschversuche“ ermöglichte, ohne dass man dafür etwas zahlen oder ein Auto haben musste, war diese doch mit der Einser-Straßenbahn und einem kurzen Fußmarsch erreichbar. Der zweite Grund für die Beliebtheit der Ferrari-Wiese war wohl jener, dass die Skifahrer, die mit der Stubaitalbahn nach Mutters auf die Mutterer Alm gefahren kamen, sich die Rückfahrt mit der Bahn sparten und auf ihren Skiern durch die Wälder von Natters bis zur Brennerstraße auf der Höhe der sogenannten „Sonnenburgerhöfe“ gelangten, dort schnell über die Brennerstraße trippelten, bevor das nächste Auto herannahte, und dann die Ferrariwiese hinunterdonnerten – als glorreichen Abschluss eines tollen Skitages.

Dann galt es allerdings, mit angeschnallten Skiern noch einmal schnell die Brennerstraße zu überqueren, einen kleinen letzten Abhang hinunterzuschießen, um mit dem Schwung möglichst bis zur Talstation der Stubaitalbahn zu gelangen. Eben dies versuchte auch ich an jenem denkwürdigen Tag des 2. Jänner 1969, als es mir dann tatsächlich „gelang“, dort zu Sturz zu kommen und mir so, mangels einer sich öffnenden Sicherheitsbindung, einen Schienbeinbruch zuzog, der mir dann allerdings, wie noch beschrieben werden wird, letztlich meinen ersten Urlaub am Meer ermöglichte. Ganz nach dem Motto: „Kein Schaden, wo nicht auch ein Nutzen ist“.

Zurück zu Onkel Ferdls zweitem Hof bei der Ferrariwiese. Dort hatte er eine Art Verwalter eingesetzt, der Schöffmann hieß, ein kleiner, gebeugter Mann, der einen Sohn hatte, der bereits gleich gebeugt ging wie sein Vater, Gabriel hieß und mit mir spielte, solange Onkel Ferdl mit Herrn Schöffmann zu tun hatte. Dabei ging es Enzo, der wieder mit von der Partie war, besser als bei den Metzgerei-Expeditionen: Er durfte auf der Ferrariwiese herumrennen und sich austoben.

Womit wir endgültig bei Enzo und dem bereits angekündigten Kapitel über ihn wären. Natürlich war es unter unseren bescheidenen Lebensumständen undenkbar, selbst einen Hund zu haben. Aber auch der Genuss anderer Ausprägungen der Natur bleibt Stadtkindern vorenthalten und gerade deshalb war für mich der Tollinger-Hof ein derart prägender Ort, weil ich dort die Natur direkt erfahren und genießen konnte und Enzo stellte die höchste Stufe davon dar.

Enzos Vorgänger am Tollinger-Hof ist mir auch noch in Erinnerung. Es handelte sich um einen weißen Schäferhund namens Schweizer, der, im Gegensatz zum gutmütigen Enzo, mit äußerster Vorsicht zu genießen war. Er hatte seine Aufgabe, das Haus vor ungebetenen Gästen zu schützen, oft zu ernst genommen und so mancher Postbote oder überraschende Gast bezahlte das mit einem Biss von Schweizer – das lässt einen fast an die Wehrhaftigkeit und Verteidigungsbereitschaft seiner Namensgeber denken. In diesem Zusammenhang fällt mir ein, dass mein Bruder Walter, der sporadisch auch am Tollinger-Hof zu Besuch war, einmal von Schweizer so schwer gebissen wurde, dass er in der Klinik genäht werden musste. Die Hintergründe dazu sind mir nicht mehr präsent, aber Tante Traudl, meinte streng, er sei selber schuld daran gewesen, so, wie das eben viele Hundebesitzer tun, wenn ihre Vierbeiner etwas angestellt haben. Mein Bruder hat es dann noch einmal vom Tollinger-Hof in die Klinik „geschafft“, nachdem er in jene Grube gefallen war, in der man hinter dem Stadel den Glasabfall – Glascontainer waren seinerzeit noch in weiter Ferne – der Milch- und anderen Flaschen deponierte. Tante Traudl fuhr ihn daraufhin wieder in die Klinik, wobei sich ihre Meinung über den zumindest „patscherten“ Walter wohl gefestigt hatte.

Also, Schweizer war schon alt und musste irgendwann eingeschläfert werden; die Trauer, vor allem seiner Opfer, hielt sich vermutlich in Grenzen. Und schon bald tauchte sein Nachfolger am Tollinger-Hof auf, und zwar in Gestalt des Schäferhundes Enzo, dessen absolut liebenswürdigste Besonderheit war, dass sein rechtes Ohr schlapp herunterhing. Es wollte einfach nicht, wie von der Natur vorgesehen, stehen, gab dem Hund Enzo allerdings seine Unverwechselbarkeit. Gerade diese Schwäche seines hängenden rechten Ohres machte ihn für mich doppelt liebenswert und so suchte ich auch immer wieder seine Nähe. Und wo ist man einem Hund näher als in dessen ureigenstem Reich, der Hundehütte? So ließ ich mich eines Tages dort neben ihm nieder, war gewissermaßen geehrt, dass er mich in seinem „Heim“ akzeptierte und fühlte mich dabei so wohl, dass ich neben Enzo einschlief. Am Hof brach inzwischen Panik aus, wo denn der Peppi sei? Man suchte mich überall, nur nicht in der Hundehütte. Bis dann doch irgendwann einmal jemand den Schluss zog, dass ich vielleicht beim Enzo in der Hundehütte sein könnte.

Nachdem ich Enzos Vertrauen immer stärker gewonnen hatte, dachte ich mir eine besondere Aktion aus, mit der unser Naheverhältnis noch zusätzlich unter Beweis gestellt werden sollte. Ich beschloss, mir Enzos Leine – normalerweise war er ja nie angeleint – zu organisieren und ging mit dem Hund und dem Geld für zwei Erwachsenen-Tickets Richtung Endstation der Straßenbahnlinie 1, die ja nicht weit vom Sillhof entfernt war. Aber für einen Sechsjährigen, der mit einem viel größeren Vierbeiner unterwegs war, stellte das ein ziemliches Unterfangen dar. Dort stiegen wir, Enzo, ungewohnterweise an der Leine, und ich in die Straßenbahn ein. Man stelle sich vor, wie stolz dabei der vermeintliche Hundebesitzer war, ein derartiges, von den anderen Fahrgästen mit großer Vorsicht beäugtes Gefahrenpotenzial souverän unter Kontrolle zu haben. Schließlich mussten wir in der Maria-Theresien-Straße noch in die Dreier umsteigen, aber auch das ging ohne Probleme vonstatten. Wir stiegen schließlich beim Hallenbad aus und kehrten zum Hof zurück, ohne dass irgendetwas passiert wäre, aber auch ohne dass irgendjemandem am Hof unsere Abwesenheit aufgefallen wäre. Natürlich liebte ich Enzo nach diesem Bravourstück umso mehr, wobei ich ergänzen muss, dass Enzo der gutmütigste Hund war, den man sich vorstellen konnte, niemandem etwas zuleide tat und seiner Pflicht als Wachhund in keiner Weise nachkam.

Bleibt noch eine Anekdote vom Sillhof, die ich dem Leser dieser Zeilen nicht vorenthalten möchte. Wie bereits gesagt, arbeitete meine Mutter in der Küche und so musste sie auch die Asche, die beim Verbrennen des Holzes im traditionellen Herd in der Küche entstand, entsorgen. Dafür gab es zwischen dem Hauptgebäude und dem Obstgarten eine sogenannte „Aschengrube“. Nachdem mich meine Mutter gebeten hatte, die Asche für sie zu entsorgen, machte ich mich auf den Weg, nahm das mittlere Brett der Aschengrube heraus und wollte durch das so entstandene Loch die Asche entsorgen. Irgendwie „gelang“ es mir dabei, in die Aschengrube zu fallen – das Resultat stelle man sich dann so vor: Ich war komplett in der Asche versunken, streckte meinen Kopf hervor und begann zu heulen. Als meine Abwesenheit auffiel, hielt meine Mutter Nachschau und entdeckte ihr graues Männlein in der Grube. Sie holte die bereits erwähnte Friedl aus dem Nachbarhaus zu Hilfe und die beiden Frauen befreiten mich aus meiner mehr als misslichen Lage, wobei es die schon erwähnte Haushälterin Friedl übernahm, mich von meinem Aschenüberzug zu säubern, indem sich mich in eine Dusche stellte, um die überall eingedrungene, graue Asche abzuduschen, mich in ein Handtuch einzuwickeln und abzutrocknen. Als Phönix, der aus der Asche aufstieg, konnte man mich nicht gerade bezeichnen, aber um eine Erfahrung reicher war ich auf jeden Fall.

Aber nicht nur der Kontakt zur Natur wurde mir am Tollinger-Hof ermöglicht; ich gewann auch Einblicke in die hierarchische Struktur eines Bauernhofes. Das Wort „Knecht" geht einem heute nicht mehr über die Lippen, und trotzdem wurden Engele und Co. damals als solche bezeichnet und, verständlicherweise, nicht in gleicher Weise wie die Familienmitglieder behandelt. Äußerlich fand das zum Beispiel darin seinen Ausdruck, dass die Knechte ihre Mahlzeiten in einer eigenen Stube einnahmen. Sie bekamen dasselbe warme Essen wie die Herrschaft, letztere speiste allerdings in der schönen Sitzecke des Wohnzimmers, wo ihnen das Küchenpersonal ihre Mahlzeiten servierte. Das Küchenpersonal – und somit auch meine Mutter und ich – aß wiederum an einem Tisch in der Küche. Also lag eine Dreigliederung der Gesellschaft am Sillhof vor.

Insgesamt war die Zeit, während der meine Mutter am Tollinger-Hof arbeitete, für mich eine große Bereicherung meiner Kindheit, da ich dadurch mit Dingen in Kontakt kam, die einem Stadtkind großteils verwehrt blieben. Dazu kam noch, wie positiv mir meine Verwandten dort begegneten, was für mich den großen Erinnerungswert dieser Zeit unterstreicht.

In die Zeit meiner Kindheit und Jugend fällt auch der Bau der Autobahnstrecke südlich des Pradler Friedhofes bzw. des vorhin geschilderten Tollinger-Hofes mit den umliegenden Feldern, die großteils auch meinem Onkel gehörten. Auf dem Feld ganz im Süden, im Osten an die Wiesengasse angrenzend, wo heute eine Tennishalle steht, entstand eine Wohnsiedlung, die aus Holzbaracken mit Zimmern für die Bauarbeiter, die meisten davon Gastarbeiter, bestanden, welche die Firma Universale für den Bau dieses südlich von Innsbruck gelegenen Abschnittes der Brenner-Autobahn beschäftigte.

Mein Onkel Franz, der zuvor das Gasthaus „Bürgerbräu" in der Ing. Etzel Straße geführt hatte, übernahm die Betriebsküche für die ca. 300 Arbeiter, für die es neben den Wohnbaracken ein eigenes Gebäude mit einer Art Großküche, einem Kiosk und einem großen (für die Arbeiter) sowie einem kleinen (für die Ingenieure, die persönlich bedient wurden) Speisesaal gab. Nach ihrer Beschäftigung bei Onkel Ferdl wartete die nächste Beschäftigung meiner Mutter in der Küche, die ihr, wieder bei Verwandten, für einige Zeit Arbeit und etwas zusätzliches Einkommen bot. Wenn man sich den Stress der Verköstigung derart vieler Kostgänger in der kürzest möglichen Zeit vorstellt, kann man erahnen, welche Herausforderung das für alle Beteiligten darstellte. Für uns Kinder, jene von Onkel Franz und für mich, bedeutete es wieder eine warme Mahlzeit zu Mittag und einige Möglichkeiten, uns im Freien mit diversen Spielen zu betätigen. Gelegentlich entstanden auch Kontakte zu besonders kinderfreundlichen Gastarbeitern. Dazu fällt mir ein Beispiel ein: Ein gewisser Marco aus Jugoslawien sprach des Öfteren im Vorbeigehen mit uns, das heißt mit meiner Cousine Christine und mir, und einmal lud er uns sogar in sein Zimmer ein und erzählte uns von seiner Heimat und seiner dort lebenden Familie. Optisch sind mir noch einige Goldzähne in seinem Mund in Erinnerung, die immer wieder bei einem Lächeln aufblitzten. Apropos Gastarbeiter: Diese unterschieden sich von den heutigen Zuwanderern eben dadurch, dass ihr Aufenthalt lediglich temporär geplant und nur durch die Arbeit begründet war. Das damit verdiente Geld wurde für die Versorgung der Familien in die Heimat überwiesen, wo die Gastarbeiter auch ihre Urlaube verbrachten.

Die Standortwahl für die Kantine und Betriebsküche meines Onkels war der, dass die Arbeiter für die geplante (Brenner)Autobahn in dieser Zeit gerade mit dem äußerst aufwändigen Streckenabschnitt von der Ausfahrt Innsbruck Ost über den Berg Isel bis hin zur Europabrücke beschäftigt waren. Dieser Abschnitt war der mit Abstand beschwerlichste und gefährlichste, besonders wegen der hohen Brückenpfeiler.

Mit dem Bau der Brennerautobahn ging aber auch eine Ära zu Ende, da allerdings auch positive Veränderungen mit sich brachte: Endlich musste man nicht mehr die lange Fahrt über die alte und kurvige Brennerstraße in Kauf nehmen. Der Start in den Sommerurlaub über den Brenner nach Italien oder ein Ausflug zum Einkaufen direkt am Brenner wurden durch die Autobahn schneller und einfacher. Denn man stelle sich vor, dass zu jener Zeit Salami oder Gorgonzola noch zu den Raritäten der Lebensmittelläden bei uns zählten, und wenn man sich dazu noch die äußerst günstigen Treibstoffpreise in Italien in Erinnerung ruft, so gab es einige gute Gründe, zumindest einmal im Monat auf den Brenner zu fahren und sich dort zu Mittag noch als zusätzliche Attraktion original italienische Spaghetti oder Pizza zu einem verträglichen Preis zu gönnen. Aber auch die Lebensmittel allgemein, die Kleider- und Schuh- bzw. Ledergeschäfte und vor allem der Brenner-Markt erfreuten sich großer Beliebtheit. Die Ausflüge zum Brenner waren jedes Mal ein tolles Erlebnis für die Erwachsenen, aber auch für die Kinder.

1971 war der Bau der Autobahn endlich soweit abgeschlossen und der Verkehr zwischen Österreich und Italien auf der A 13 wurde offiziell aufgenommen. Damit wurde dem Güterverkehr und den alljährlichen Sommerurlaubern die Reise nach Italien enorm erleichtert.

Durch den Bau der Autobahn war die Fahrt auf den Brenner also fast nur mehr ein Katzensprung. Das bedeutete aber sicherlich gleichzeitig, dass damit auch die Grundlage für den Tirol und seine Umwelt so massiv belastenden Transitverkehr geschaffen wurde. Viele Touristen aus Nord- und Mitteleuropa mit ihren PKWs müssen das Tiroler Nadelöhr passieren, um an die geliebten Strände in den südlichen Ländern zu gelangen oder zumindest ein Wochenende am Gardasee zu verbringen, ganz zu schweigen vom Transitverkehr und der damit verbundenen Lärm- und Geruchsbelastung. Ich erinnere mich noch daran, dass die Existenz des sogenannten „Transitvertrages“, der die Fahrten des LKW-Transits über den Brenner limitierte, ein wichtiges Argument im Zusammenhang mit der Volksabstimmung über den Beitritt zur EU war, wobei EU-Gegner durchaus nachvollziehbar argumentierten, dass dieser Vertrag mit dem Beitritt zur EU obsolet werden könnte und die Fahrten über den Brenner nicht mehr beschränkt werden könnten. Wie wahr, kann man aus heutiger Sicht nur hinzufügen.

Wie sehr das Leben in einem Stadtteil durch den Ausbau bzw. die Einschränkung des Verkehrs geprägt ist, zeigte sich viele Jahre später beim Bau der Autobahnausfahrt Innsbruck Mitte, vor dem von einigen Seiten eindringlich gewarnt wurde, mit dem Argument, er würde zusätzliches Verkehrsaufkommen in diesem Bereich erzeugen. Aus heutiger Sicht ist dieser Verkehrsknotenpunkt schwer ohne diesen Autobahnzubringer vorstellbar, aber für den Stadtteil und die Anrainer dort bedeutete dies sicher eine verkehrs- und umweltmäßig große Belastung.

Für die Betreiber, aber auch für die Politik waren die Umweltbedenken damals kein Thema, eine schnelle Verbindung zwischen Nord und Süd war ohne Zweifel wünschenswert und für den Tourismus unabdingbar. Bezogen auf die Familie meines Onkels bedeutete die Betriebsküche der Universale über mehrere Jahre ein gesichertes Einkommen als Gastwirt und für uns Kinder, insbesondere für meine Cousine und mich, dass wir die Freizeit nach der Schule gemeinsam meist irgendwo im Freien miteinander verbringen konnten.

FREIBAD TIVOLI

Wir bleiben unmittelbar in diesem Teil Pradls, wo die Autos sich oft in Richtung Südring bzw. des oben erwähnten Autobahnzubringers stauen, während im Sommer die Besucher des Freibades mitunter gleichzeitig vor dem neuen, ostseitigen Zugang zum Schwimmbad Schlange stehen.

Das Tivoli-Freibad heute.

1961 öffnete das neue Tivoli Freibad seine Pforten – gerade rechtzeitig für meine ersten (kindlichen) Schwimmversuche. Heute ist es das größte Freibad Westösterreichs. Warum das Tivoli, wie wir es verkürzt nannten, insbesondere für jemanden wie mich so wichtig war, ist schnell erklärt und wird dann noch näher ausgeführt werden. Meine Eltern hatten kein Auto, das bedeutete: kein Urlaub anderswo, und schon gar nicht, wie dies zum Beispiel für die Familie meines Onkels Franz selbstverständlich war, ein Urlaub am Meer. Immerhin erinnere ich mich an unseren einzigen gemeinsamen Familienurlaub in Osttirol, sonst gab es nichts. Was tut ein Kind da im Sommer? Richtig: schwimmen gehen. Wohin? In das nahe gelegene Freibad, also ins Tivoli, zu Fuß bequem in fünf Minuten zu erreichen. Dazu brauchte es nur einen oder mehrere Freunde – und schon war die Freizeitgestaltung in der warmen Jahreszeit geritzt. Ich hatte diesen Freund in meinem Kindheitsfreund Burkhard, der ja, wie bereits gesagt, mein Nachbar war. In den Volksschuljahren gingen wir bereits alleine, also ohne Eltern ins Tivoli. Meine Mutter konnte – als gebürtige Osttirolerin fast logischerweise – nicht schwimmen und hatte überdies auch weder Zeit noch Lust, mit mir ins Schwimmbad zu gehen; sie besaß nicht einmal einen Badeanzug. Bei meinem Vater war das ein bisschen anders, und das möchte ich gleich etwas näher beleuchten: Selten ging er mit ins Tivoli und wenn, dann eigentlich mit gutem Grund, denn obwohl er sonst absolut unsportlich war, war er ein guter Schwimmer und, vor allem, ein guter Springer. So staunten wir nicht schlecht, als er zum ersten Mal ankündigte, jetzt auf den „Zehner" (Zehnmeterbrett) hinaufzugehen und von dort per Kopfsprung herunterzuspringen. Er setzte sich zuvor noch seine Badehaube auf, um seine Glatze etwas zu schützen und ging auf die oberste Plattform des Sprungturmes, nahm Anlauf und landete mit einem perfekten „Köpfler" im Sprungbecken. Ich war beeindruckt, war das doch eine Seite von meinem Vater, die ich überhaupt nicht gekannt hatte. Und mein Vater war auch dementsprechend stolz auf sich, wie locker und souverän er das hingekriegt hatte. Ja, und wie der Vater, so auch der Sohn – das sollte aber noch einige Zeit auf sich warten lassen.

Schwimmen und Springen waren jene Disziplinen, in denen mein Freund Burkhard besser war als ich, das Wasser war offensichtlich sein Element – und so war er es, der als Erster vom Zehner sprang. Nach langem Zaudern trat aber auch ich den Canossagang auf die oberste Plattform des Sprungturmes an: Der erste Eindruck, wenn man in so schwindelnden Höhen wandelte, war gewaltig und absolut furchteinflößend: Du siehst plötzlich Innsbruck bzw. Pradl von oben, die meisten Häuser waren damals noch niedriger als der

Zehner im Tivoli – so kam es mir jedenfalls vor. Das Becken, in dem man landen sollte, erschien hingegen ziemlich klein. Langsam wagte man sich vor, sah, wie andere, die bereits geübte Zehnerspringer waren, wie selbstverständlich nach vorne gingen und sich in die Tiefe stürzten. Ich weiß nicht mehr genau, wie viel Zeit ich vor meinem ersten Sprung vom Zehner auf der Plattform verbracht hatte, aber irgendwann ging ich vor, schaute kurz runter und stürzte mich, mit den Füßen voran, todesmutig in die Tiefe. Mangels irgendeiner Technik bzw. Erfahrung landete ich ziemlich schräg auf dem Wasser, was ein schmerzhaftes Rückenbrennen zur Folge hatte und deshalb meine einzige Erfahrung aus derart lichten Höhen bleiben sollte. In all den Jahren danach sprang ich nie mehr wieder vom Zehner, ganz im Gegensatz zu Burkhard, der nicht nur einen Kopfsprung, sondern sogar ein sogenanntes „U-Hakerl" hinuntersetzte, ohne dass er einen roten Bauch oder sonstige Folgen davongetragen hätte. Der Sprungturm blieb aber auch für mich ein Faszinosum, und so erinnere ich mich, wie wir uns alle möglichen gewagten und verrückten Varianten ausdachten, wie wir uns von den diversen Niveaus herunterstürzten. Eine davon fällt mir noch ein: Wir banden uns unsere Handtücher um die Schulter, so dass sie während des Anlaufs im Wind wehten und sprangen damit natürlich mit dem Kopf voran in die Fluten. Das Sprungbrett vom Dreimeterturm bot natürlich auch einige interessante Varianten, die sich durch die unterschiedlichen Arten des Abspringens vom federnden Sprungbrett ergaben.

Das zweite Becken – mit erhöhtem Anziehungspotenzial für mich und meine Altersgenossen – war das sogenannte „Rutschbecken", für das man oft lange Schlangen in Kauf nehmen musste, bis man die aus heutiger Sicht total harmlose Rutsche ohne nennenswerte Neigung betrat und sich in Richtung Becken in Bewegung setzte. Als verfeinerte Technik galt dabei, die Schwimmhose so weit zurückzuschieben, dass die beiden Pobacken blank waren und man dergestalt eine größere Geschwindigkeit erzielen konnte. Außer der Rutschposition waren wenige Verfeinerungen möglich, und trotzdem machte es einen Riesenspaß, vor allem, wenn man mit einer Clique dort war.

Die zwei restlichen Becken, das Familien- und das Kinderbecken, waren anderen Altersgruppen vorbehalten, und so statteten wir diesen nur selten einen Besuch ab. Es waren sicher sehr viele Sommer, die ich mit Burkhard, später auch mit anderen Freunden, im Tivoli-Schwimmbad verbrachte. Erst in späteren Jahren entdeckte ich dann den im Süden des Schwimmbades gelegenen Fußballplatz für mich, einen Ort, an dem ich etliche Stunden eines langen Tivoli-Tages verbrachte. Man spielte dort auf kleine rote Tore, und es gab natürlich einige Charaktere, die dort in verschiedenster Hinsicht auf sich aufmerksam machten. In besonders guter Erinnerung ist mir ein Edeltechniker, der derart trickste und zauberte, dass es einem Straßenfußballer aus dem Osten Österreichs noch zur Ehre gereicht hätte. Sein Name war Schifferegger und er spielte meines Wissens beim Innsbrucker Sportklub. Ein weiterer, etwas älterer Spieler war natürlich allen bestens bekannt, wenn er auch aus einer anderen Sportart, nämlich vom Eishockey kam, und zwar handelte es sich um den langjährigen Startorhüter des IEV, Daniel Gritsch, der sich auf dem grünen Rasen als durchschlagkräftiger Mittelstürmer beim ISK betätigte und natürlich auch auf dem Fußballplatz des Schwimmbads brillierte. Es gab auch schon etwas ältere Mitspieler, wie zum Beispiel jenen braun gebrannten, schwarzhaarigen Mann, der mit dem Aufsperren in der Früh das Schwimmbad betrat und es erst als einer der Letzten wieder verließ. Er hatte seine eigene Liege, die er in einer gemieteten Kabine unterbrachte; das Tivoli war wohl für ihn und seine Frau eine Art Zweitwohnung. Er war natürlich, als Tivoli-Bewohner sozusagen, braun gebrannt, hatte einen sehnigen, muskulösen Körper und stand beim Fußball in der Abwehr umsichtig seinen Mann. Es gab darüber hinaus noch einen Typen, den ich heute in Pradl immer noch sehe und der eher ein Antifußballer war, aber wie so viele Männer dieser Kategorie übereifrig agierte und somit oft schneller als der Ball war. Sein Laufstil war auch eigenartig, es schien, als wäre er von einer höheren Macht getrieben – kein Wunder, dass man so meist auch den Ball vergisst oder diesen nur mehr am Rande trifft.

Als Kind sah ich bei den „Großen“ eher nur zu. Erst später mischte ich mich auch unter sie. Auf dem zweiten Feld spielten meist Jüngere, unter denen man sich eher durchsetzen konnte. Leider musste man dort barfuß spielen, was eine noch größere technische Herausforderung für die Spieler darstellte. Nicht zuletzt deshalb landete der Ball manchmal nach einem zu hoch angetragenen Schuss auch auf der Fahrbahn des Südrings, und es war schwer, einen Autofahrer zu finden, der sich erbarmte, stehenblieb und den Ball zurück über den Zaun kickte. Unrühmlicher Höhepunkt meiner fußballerischen Aktivitäten im Tivoli-Areal war, im Alter von fünfzehn Jahren, der Bruch meines linken Armes, nachdem mich ein ziemliches „Restl“, wie man sagt, rücksichtslos ausgehoben hatte, so dass ich so unglücklich mit dem Arm auf dem Boden aufkam, dass meine Speiche brach und ich in der Klinik meinen dritten Gips ausfasste.

Wie bereits erwähnt, zogen sich die Tivoli-Jahre über einige Sommer hin, und so wuchs natürlich auch in mir und meinen Freunden das Interesse am anderen Geschlecht, was ein immer wichtigeres Motiv war, diesen Hort, an dem es so viel an weiblichen Reizen zu bewundern gab, aufzusuchen. Dabei galt es, bereits seinen Liegeplatz strategisch so auszurichten, dass optimale An- bzw. Einsichten gewährleistet waren. Absolut unerreichbar für uns war dabei die sogenannte „Sonnenterrasse“ über den Kabinen, auf der die Innsbrucker FKK-Gemeinde des Tivoli sich ohne Stoffreste einzig und allein den Strahlen der Sonne aussetzte. Aber unsereiner gab sich schon mit weniger zufrieden, und so waren auch die Umkleidekabinen immer wieder ein Faszinosum für Aufklärungsbedürftige, insbesondere jene Kabinen, in deren Wand ein ähnlich gesinnter Vorgänger ein kleines Loch in der richtigen Höhe gebohrt hatte, durch das man dann die eine oder andere Einsicht gewinnen konnte. Mühsam ernährt sich das Eichhörnchen, möchte man meinen, aber wenn man bedenkt, dass damals selbst primitivste Aufklärungsmöglichkeiten nicht vorhanden waren, so war das zumindest ein Anfang.

Was natürlich an einem Tag im Tivoli nicht fehlen durfte, war der Besuch des Kiosk, wo es Eis und als feste Nahrung die allseits beliebten Manner-Stangen (nicht: Schnitten) und sonst noch mancherlei Schleckereien gab. Unter den Eissorten war mein Favorit das billigste von allen, das „Jolly“ um eins fünfzig, wenn ich mich nicht täusche und, an Luxustagen, ein „Nogger“ mit Schoko und Nussüberzug um vier fünfzig. Das „Cornetto“ gab es damals auch schon, das war aber preismäßig außer Reichweite. Apropos sparen: Man kann sich vorstellen, was sich an einem heißen Tag im

Tivoli-Schwimmbad so alles an Abfall am Boden ansammelte. Um Kosten zu sparen, engagierte die Verwaltung des Bades deshalb für das Ende der Badezeit arbeitswillige Jugendliche, die für ein, zwei Stunden „Papierl aufklaubten" und diese in ein entsprechendes Wagerl verfrachteten, in dem man damals, natürlich noch ohne jede Trennung, den Müll sammelte. Als Lohn gab es eine Freikarte, ich glaube im Wert von zwei Schillingen. Das war zwar nicht die Welt, aber immerhin mehr als ein Jolly-Eis. Und so meldeten auch Burkhard und ich uns eines Tages zum ersten Mal zum „Papierlaufklauben". Wir waren so naiv zu glauben, dass wir solange arbeiten mussten, bis alles vom Boden verschwand, was dort nicht hingehörte und vergaßen darüber vollkommen die Zeit: Es wurde schon halb acht und so waren wir bass erstaunt, als uns unsere besorgten, aber auch erzürnten Väter am Ausgang erwarteten und uns eine Standpauke darüber hielten, wann man spätestens zum Abendessen erscheinen sollte. Das hielt uns aber in Zukunft nicht davon ab, wieder Papierln aufzuklauben, um damit unser nächstes Eis, vielleicht sogar ein Nogger, zu finanzieren.

Bleibt abschließend zu erwähnen, dass es zahlreiche Tivoli-Charaktere gab, von denen jeder eine Beschreibung verdienen würde. Braun gebrannte Männer mit schweren Goldketten, originellen (Langhaar-) Frisuren, ganz Dünne und ganz Dicke, attraktive Frauen, die ihre Reize gerne zur Schau stellten und dann vielleicht an einem Tisch im Tivoli-Restaurant mit den braun gebrannten Goldkettenträgern rauchend beim Bier saßen und sich dabei bestens unterhielten. Es gab aber natürlich viel mehr Unauffällige, die das Tivoli als eine Art Naturersatz genossen, Leute, die in den Schwimmbecken gern ihre Runden zogen, solche, die sich einfach bei sommerlichen Temperaturen abkühlen wollten oder wieder andere, die ihre Einsamkeit mit einem buchstäblichen Bad in der Menge überwinden wollten. Wahrscheinlich bestand der Reiz des Tivoli für die meisten Besucher wohl in einer Mischung all dessen.

DIE EISDIELE IN DER HUNOLDSTRASSE

Eisdiele – woher kommt das Wort „Diele“ eigentlich, das, außer in Zusammenhang mit Eis, kaum verwendet wird? Hat es gar etwas mit „dealen“, „handeln“ (im Falle von Eis legal) zu tun? Wie auch immer, nach einem langen Tag im Tivoli Schwimmbad strömten viele Besucher, darunter auch ich, in Richtung Eisdiele, um den Tivoli-Tag würdig abzurunden. Bei der Pradler Eisdiele in der Hunoldstraße gegenüber dem „Hochhaus“ handelte es sich um eine Filiale der „Eisgrotte“, die von Rudolf Schauer 1960 am Markgraben eröffnet worden war. Natürlich musste man manchmal Schlange stehen, bevor man seine ideale Geschmackskombination kundtun konnte. Meine persönliche war damals Schokolade - Banane. Lustigerweise erfuhr ich vor Kurzem aus einem Interview mit einem mobilen Eisverkäufer namens Luigi, das in der Straßenzeitung „20-iger“ abgedruckt wurde, dass es sich beim Schokolade-Banane-Kunden um einen Romantiker handle – was damals mit Sicherheit auf mich zutraf. Inzwischen bevorzuge ich aber die Sorten Schokolade und Haselnuss. Leider konnte ich nicht ermitteln, welchen Typus man damit verbindet, vielleicht einen Romantiker mit einer gewissen Bodenhaftung? Ganz selten schickte mich übrigens meine Mutter zur Eisdiele, um für uns beide ein Eis zu holen, wobei ihre Lieblingssorten Vanille und Erdbeer waren. Was das wohl bezüglich ihres Charaktertyps bedeuten mag?

DAS HALLENBAD – DAS BADEZIMMER VON PRADL

Gehen wir nun weiter über die Kreuzung Richtung Rhombergpassage, ragt vor der Nordkette ein mächtiger Bau empor, der vor allem für die Pradler ein regelmäßiger Zufluchts- und Vergnügungsort war.

Das Hallenbad – am äußeren Erscheinungsbild hat sich nicht viel geändert.

Wenn man bedenkt, wie viele Wohnungen es damals noch gab, in denen es kein Badezimmer gab, in welchem man duschen oder gar baden konnte, wird einem klar, wie wichtig das Hallenbad seinerzeit nicht nur als Erholungs- bzw. Vergnügungsraum, sondern, indem es vielen Menschen die Möglichkeit bot, sich regelmäßig zu duschen, auch ein Ort der Körperpflege und Hygiene war. Dazu fällt mir eine Begebenheit ein, die zeigt, dass manche Menschen kein Verständnis selbst für den Ausdruck von harmlosen Gefühlsäußerungen haben: An einem Abend, an dem so ziemlich alle Duschen besetzt waren, verliehen einige meiner Duschkollegen ihrem Duschvergnügen durch Singen oder Pfeifen Ausdruck. Das ging allerdings nur so lange, bis jene – ziemlich unwirsche – Frau, die für die „Überwachung" der Duschen zuständig war, in den Raum schmetterte: „Pfeifen und Singen verboten!" Damit hatte es sich mit der guten Laune, zumindest bis zum nächsten Duscherlebnis im Hallenbad.

Das Hallenbad war ein architektonisch interessantes Gebäude, welches damals aus einer großen Schwimmhalle mit einem großen Becken für die Erwachsenen und – durch eine niedrige Mauer mit Durchgängen auf den Seiten abgetrennt – einem Kinderbecken bestand. Und es gab auch einen Sprungturm mit einem 6-Meter-Brett. Das hieß natürlich, dass das Erwachsenenbecken im Bereich des Sprungturmes entsprechend tief sein musste. Hier kommt wieder mein Vater ins Spiel, der auch hier, so wie im Tivoli-Freibad, natürlich von ganz oben einen Köpfler in die Tiefe setzte. Ich war wieder zutiefst beeindruckt, selbst allerdings damals noch viel zu klein für solche Abenteuer, holte das aber irgendwann später einmal nach.

Auf dem Niveau der 6 Meter-Plattform gab es eine schöne, mit vielen Pflanzen geschmückte Galerie, die sich rund um das Hallenbad zog und einigen Badegästen ein schönes Rückzugsgebiet vom Trubel, der unten herrschte, bot. Auf die Galerie gelangte man über die ebenfalls im 1. Stock befindlichen Umkleidekabinen, von denen aus auch der Zugang zu jenem schönen, großen Raum erfolgte, in welchem eine Art Gastbetrieb, heute würde man sagen „Snackbar", geführt wurde und wo man, mit Blick auf die Eisdiele und das neue Hochhaus gegenüber, ein Eis oder ein Getränk und einen Snack zu sich nehmen konnte. Für Kinder gab es viele Süßigkeiten wie Marzipanstangen, die bereits erwähnte Manner-Stange und diverse Gummischlangen in bunten Farben. Sicher, bedenkt man die Großzügigkeit und Schönheit dieses Raumes und die relativ wenigen Kunden, die dort etwas tranken oder eine Kleinigkeit konsumierten, so wirkt das aus heutiger Sicht wie eine Verschwendung. Aber: Es ärgerte mich gewaltig, als ich dann viel später als Vater mit meinen zwei Söhnen im Hallenbad schwimmen ging und feststellen musste, dass die Galerie für Badegäste gesperrt und der gastronomische Bereich von einem Innsbrucker Orthopäden gepachtet worden war, der diesen zu einem Therapie- bzw. Gymnastikraum umgewidmet hatte. Wie kann eine Stadtgemeinde so kurzsichtig sein und das Wohlbefinden vieler Badegäste den – zugegeben viel höheren, aus der Verpachtung resultierenden – Einnahmen opfern? Später sollte der Sparstift bei sozial wichtigen Einrichtungen dann noch extremer angesetzt werden, als man etwa überlegte, eines der drei Innsbrucker Hallenbäder ganz zu schließen, wovon man aber letztlich dann, nicht zuletzt wegen der massiven Proteste der Innsbrucker Bevölkerung, doch wieder abkam.

Auch aus den vielen Nachmittagen im Hallenbad resultierten für mich viele schöne Erinnerungen: Sprünge vom Trampolin, vom Dreier, der noch permanent geöffnet und auch mit einem Trampolin ausgestattet war, Tauchgänge im tiefen Bereich des Beckens, da konnte man zum Beispiel eine Münze heraufauchen, die man zuvor versenkt hatte. Denen, die wirklich schwimmen wollten, blieben natürlich lediglich ein oder zwei Bahnen, die vom Restbecken durch Beckenschnüre abgetrennt wurden und für uns Kinder Tabuzonen waren. An einen Schreckensmoment erinnere ich mich noch ziemlich genau, als ich nämlich mir einbildete, man könne auch in das sehr seichte Kinderbecken einen Kopfsprung wagen, wenn man ihn entsprechend flach anlegte. Prompt schlug ich mit der Stirn am Boden auf und sah buchstäblich Sterne. Seither weiß ich, dass man das nicht einfach nur so sagt, man sieht wirklich ein helles Funkeln, das man normalerweise mit jenem der realen Sterne verbindet. Einige Zeit später wurde das Hallenbad um einen weiteren Raum erweitert, in dem sich ein Becken für Kinder bzw. für therapeutische Zwecke für ältere Menschen befand, das auch mit einigen Liegestühlen ausgestattet wurde, wodurch die Raumnot im Hauptgebäude gelindert wurde. Außerdem konnte man dort das Kinderbecken auflassen und somit ein größeres Becken für die Schwimmer einrichten. Apropos Raumnot: Der Kiosk im Erdgeschoss wies im Innenbereich einige Tische auf, die aber für Nichtraucher unzumutbar waren, so dass man sich an die im Badebereich platzierten Tische setzte – mit dem gravierenden Nachteil allerdings, dass man dort kein Glas mitnehmen durfte. Kein Wunder, dass man sich wehmütig an die Restauration im ersten Stock erinnerte.

Insgesamt ist das Hallenbad bis heute ein imposanter Bau, der vom Rapoldipark und von der Sill auf der anderen Seite umrahmt ist und den Bewohnern des Stadtteils nach wie vor, auch in der kalten Jahreszeit, die Möglichkeit bietet, sich entweder in der Sauna zu entspannen oder das Schwimmbad in verschiedenster Form zu genießen.

ENTLANG DER RHOMBERGPASSAGE, ÜBER SILLKANAL UND PRADLER BRÜCKE ZUR PEMBAURSTRASSE

Wenn man am Hallenbad Richtung Innenstadt vorbeiging, gelangte man bald zur Rhomberg-Passage, die zahlreiche neue Geschäfte, aber auch Cafés und später eine Pizzeria beherbergte. Architektonisch handelte es sich bei der Rhomberg-Passage um einen unattraktiven, zweistöckigen Zweckbau. Wenn man dann entlang des Sillkanals Richtung Pradler Brücke spazierte, gab es dort etwas später ein recht nobles Restaurant namens „Bistro“, das auf Grund der Qualität der Speisen einen guten Ruf genoss, aber für Pradl ein etwas höheres Preisniveau hatte.

Etwas weiter vorne, gegenüber dem „Sport Kiefer“, befand sich ein älteres, auch bei Burschenschaftlern beliebtes Gasthaus namens „Altpradl“, dessen Wirt auch ein kleines Hotel gleichen Namens betrieb. Einige Schritte weiter Richtung Osten lag rechter Hand schon der nächste Gasthof, der „Goldene Winkel“ mit einer Kegelbahn als zusätzlicher Attraktion, auf der auch mein Großvater schon des Öfteren „Kegel geschoben“ haben soll.

Gegenüber dem Goldenen Winkel erstreckte sich ein kleiner Grünstreifen mit einigen Bänken. Dieser lag unmittelbar vor dem Jugendheim Pradl, in welchem sich ein Kindergarten mit großem Garten und, im Parterre, ein größerer Saal befand, der den Wiltener Sängerknaben als Proberaum diente.

DIE ZEIT BEI DEN WILTENER SÄNGERKNABEN

Der Chorleiter, Professor Norbert Gerhold, seinerzeit Gymnasiallehrer für Musik am ehrwürdigen Akademischen Gymnasium Innsbruck, schneite eines Tages in unsere Hauptschulklasse herein und war offensichtlich auf Talentsuche. Auf Vorschlag unseres Musiklehrers mussten einige vorsingen, darunter auch ich. Die Besten wurden dann eingeladen, sich bei den Wiltener Sängerknaben zu melden und Mitglieder des bekannten Knabenchors von Innsbruck zu werden. Bei den Proben wurden wir dann gemäß unserer Stimmlage aufgereiht und so probten wir jeden Donnerstagnachmittag, am Klavier begleitet von einem uns mit lauten Kommandos zu Höchstleistungen „anpeitschenden" Professor Gerhold. Die Tenor- und Altsänger waren schon etwas ältere „Semester", ich selber sang Alt. Die beiden Stars waren allerdings Sopransänger. Der eine war Thomas Plankensteiner, ein schmächtiges, blondes Bürschlein, das ich vierzig Jahre später als Landesschulinspektor bei einem Seminar für Lehrer wiedertreffen sollte; der andere, Hanspeter Haidegger aus Götzens, dessen Vater später selbst Chorleiter der Wiltener Sängerknaben war. Haidegger war bei den Proben nie anwesend, tauchte aber stets bei unseren Konzerten auf und war dort dann der absolute Star. Verständlich: Seine Stimme war tatsächlich von einer Qualität, die ihresgleichen suchte. Ich erinnere mich, wie sich die Zuhörer in Kirchen massenweise umdrehten, als sich Hanspeters Stimme buchstäblich von der Empore herunter in den Kirchenraum ergoss. Ja, zu einem Star gehört bekanntlich auch, dass er es nicht nötig hat, zu üben, zumindest nicht mit dem gemeinen Volk.

Was ich bei den Wiltener Sängerknaben sehr genoss, waren die Reisen zu unseren diversen Konzerten und Auftritten. Ich erinnere mich an ein Konzert im Gemeindesaal in Serfaus, bei dem wir auch – im Tiroler Dialekt – unseren Standardbeitrag über die einzelnen

Wochentage zum Besten gaben: Auf die Frage: „Wos isch denn heit für a Tog?“, antworteten vor mir diverse Kollegen mit dem jeweiligen Tagesgericht. Meine Antwort – und das war mein einziger Soloauftritt bei den Sängerknaben – lautete: „Heit isch Donnerschtog, heit isch Kkknödeltag“ – da konnte einfach nichts schiefgehen, selbst für jemanden von geringerem stimmlichen Talent. An ein Konzert, das anlässlich einer Süddeutschland-Tournee in Kaufbeuren stattfand, erinnere mich auch noch gut. Meistens traten wir aber im Rahmen von katholischen Messen in diversen Kirchen auf, bei denen Komponisten wie Bach und Mozart, unter anderem auch sein berühmtes Requiem, auf dem Programm standen. Der Höhepunkt waren auch dabei die immer die Solopartien von Hanspeter Haidegger. Die Zeit bei den Sängerknaben bescherte mir einige schöne Erfahrungen, die umso stärker waren, als gerade Singen in einem Chor ein Gemeinschaftserlebnis ist, bei dem der Erfolg vom Zusammenwirken aller abhängt. Wahrscheinlich bzw. ziemlich sicher hatte ich nicht das ganz große Talent, und nebenbei fehlten mir auch die Lateinkenntnisse, über die die meisten anderen als Gymnasiasten natürlich verfügten, so dass ich die letzte Begeisterung vermissen ließ und meine Mitgliedschaft bei den Sängerknaben letztlich meiner wahren Leidenschaft Platz machen musste, bei der ja auch der gemeinschaftlich errungene Erfolg im Mittelpunkt steht: dem Fußballspiel.

DIE RENNER-HAUPTSCHULE IN DER PEMBAURSTRASSE

Praktisch gegenüber dem Jugendheim Pradl mit dem Proberaum der Wiltener Sängerknaben gerät der massive Bau der Renner-Hauptschule ins Blickfeld, in der ich vier Jahre meines Lebens als Hauptschüler verbrachte, und zwar im östlich gelegenen Flügel, der den Knaben vorbehalten war, den westlichen Flügel bevölkerten die Mädchen, damals herrschte noch strenge Geschlechtertrennung, wie in den meisten Schulen zu dieser Zeit. Die Rennerschule war natürlich die Hauptschule der Pradler, aber auch der Reichenauer Schülerinnen und Schüler, wobei es damals noch eine Leistungsdifferenzierung in einen A-Zug – für die besseren Schülerinnen und Schüler – und in einen B-Zug– für die schwächeren Schülerinnen und Schüler – gab.

Die Rennerschule präsentiert sich heute von außen ziemlich unverändert.

Die Schülerschaft war natürlich – im Gegensatz zu den aus einer anderen gesellschaftlichen Schicht stammenden Gymnasiasten – auch mit einigen verhaltensauffälligen Schülern bestückt, die wohl oft auch ihren sozialen Frust an Mitschülern, aber auch an Lehrern ausließen, wobei ich mich persönlich hier durchaus einschließen muss. Dabei gab es aber auch diverse eher harmlose Streiche, die wir unseren Lehrern mitunter spielten. Ich erinnere mich in diesem Zusammenhang an einen etwas steifen Lehrer, der uns in Geometrie und technischem Zeichnen unterrichtete. Von der äußeren Erscheinung her wirkte Herr K. leicht rundlich und war ziemlich konventionell gekleidet. Vor allem war er jemand, der keinen Spaß verstand und alles sehr ernst nahm. Sein Auto, es handelte sich um einen winzigen weißen Puch 500, erregte irgendwann einmal unsere besondere Aufmerksamkeit und einige Schüler aus meiner Klasse fassten einen Plan: Nach der letzten Stunde, in der wir Herrn Fachlehrer K. hatten, verließen besagte Schüler ziemlich hastig die Schule, bestiegen ihre Fahrräder und blockierten – nebeneinander herfahrend – die Fahrspur. Als dann Herr K. seinen Boliden gestartet hatte und losfuhr, bildeten wir auf unseren Fahrrädern einen dichten Kordon, sodass der näher rückende Fachlehrer K. in seinem Mini-Wagen am Vorbeifahren gehindert wurde. Mit jeder Sekunde die Absicht der Aktion durchschauend, begann Fachlehrer K. zu hupen, wenn man den bescheidenen Ton seines Signalhorns als solches bezeichnen kann. Nun hieß es, die Nerven zu bewahren und noch einige Zeit durchzuhalten. Als wir das Gefühl hatten, unseren lieben Herrn Fachlehrer genug geärgert zu haben, fuhren die ersten zur Seite, so dass es nicht lange dauerte, bis der vor Wut schäumende Lehrer auf unserer Höhe war, das Fenster hinunterkurbelte und herausschrie: „Das wird noch ein Nachspiel haben!“, und, nachdem die Fahrbahn endlich wieder frei war, davonfuhr. Das Nachspiel kann indes nicht sehr dramatisch gewesen sein, sonst wäre es mir sicher noch in Erinnerung geblieben. Aber auf jeden Fall war die Atmosphäre in der nächsten Geometrie-Stunde einigermaßen gespannt.

Aus unserer Parallelklasse wurde uns insbesondere von einem Religionslehrer berichtet, der schlimmeren Attacken als unser Herr K. ausgesetzt war. Sicher, Herr Kooperator P. entsprach irgendwie dem Bild eines eher biederen Kirchenmannes, war untersetzt, hatte nur mehr wenige Haare auf dem Kopf, die in Form langer Strähnen von ganz unten über das kahle Haupt geworfen wirkten und bei ruckhaften Bewegungen seitlich fast bis zur Schulter hinunterhingen. So machten sich die Schüler einen Spaß daraus, Herrn P. mit Kreiden zu bewerfen, sobald er seinen Blick von ihnen abwandte, sodass er nicht nur übersät mit weißen Kreidestrichen war, sondern auch durch die hinunterhängenden Haarbüschel ein eher erbarmungswürdiges Bild abgab. Nach einer derartigen Tortur soll Herr P. einmal die für einen Kirchenmann doch etwas ungewöhnlichen Worte „Ich werde euch noch kriegen, ihr Hunde" zwischen seinen Zähnen hervorgepresst haben.

Aber nicht nur Lehrer, sondern auch Schüler, die nicht den allgemeinen Vorstellungen der Rädelsführer einer Klasse entsprachen, konnten zu, modern ausgedrückt, Mobbingopfern werden. So auch jener Schüler, der später in meiner Klasse in der Handelsakademie das gleiche Schicksal erleiden sollte. Seine Defizite: eine sehr dicke Hornbrille, etwas struppiges Haar, eher klein, gebückter Gang, altmodische Kleidung und eine Bassstimme, die er aber nur selten erhob. Dieser arme Kerl wurde derart gepiesackt, dass er es, wenn irgend möglich, vermied, zu früh in seiner Klasse anzukommen. Man konnte ihn deshalb dabei beobachten, wie er im Umkreis der Schule bestimmte Straßenstücke mehrmals abschritt, um ja nicht vor acht in der Schule anzukommen. Diese Täter bzw. Mobber hatten wohl ihrerseits oft Gewalt durch die eigenen Eltern erfahren, die sie auf diese Weise weitergaben. Im Übrigen darf auch nicht vergessen werden, dass körperliche Züchtigung seitens der Lehrer damals noch als durchaus probates Erziehungsmittel angesehen wurde und somit auch von dieser Seite keine konsequente Vorbildwirkung in Sachen Gewaltfreiheit ausging.

Was die Schülerschaft insgesamt betrifft, so musste die Hauptschule – so wie auch der Restbestand dieses Schultyps bzw. die Neue Mittelschule heute – seinerzeit noch alle SchülerInnen aufnehmen, die nicht in die Sonderschule gehen mussten. Das war also ein sehr breites Spektrum von SchülerInnen unterschiedlichster Leistungsniveaus; manche davon waren durchaus verhaltensauffällig. Ein bildungsferner familiärer Hintergrund war bei den Hauptschülern wohl die Regel; das Gymnasium war zweifellos den Abkömmlingen gehobener Schichten vorbehalten, ein Privileg, das durch eine schwer zu bestehende Aufnahmeprüfung noch verstärkt wurde. Aber was soll's, meine Klasse hatte insgesamt recht gute LehrerInnen, die jene, die sich im Anschluss an die Hauptschule für eine höhere Schule entschieden, entsprechend gut vorbereiteten, so dass doch einige zuerst die Aufnahmeprüfung und in der Folge dann auch die Matura an einer HAK , HBLA oder HTL schafften.

Das sogenannte „Fackngassl" sieht heute aus wie damals.

Was den Schulweg betrifft, so führte mich dieser über die Langstraße und die Egerdachstraße ins sogenannte „Fackngassl“, das seinen Namen wohl dem Umstand verdankte, dass es in dieser noch einen Bauernhof mit entsprechendem Tierbestand gab, was wir im Vorbeigehen auch mittels persönlicher Geruchswahrnehmung eindeutig feststellen konnten. Im Fackngassl gab es an den Wänden der sie abgrenzenden Mauer auch zahlreiche Inschriften: Namen von verliebten Pärchen, abfällige Bemerkungen über so manchen bekannten Schulkollegen, derbe Sprüche etc., sodass man im Vorbeigehen immer etwas zu lesen hatte. Westwärts war der Blick noch frei, gab es dort doch noch Weideflächen für die Tiere bzw. Felder, auf denen diverses Gemüse angebaut wurde. Vom Fackngassl ging's dann weiter in die untere Gabelsberger Straße, wo es an der Ecke zur Amthorstraße ein ziemlich verrufenes Lokal namens „Amthorstube“ gab, dem am Abend äußerst zweifelhafte Subjekte entwichen. Ein paar Häuser weiter konnte man in der Auslage einer Tierhandlung Produkte für verschiedene Haustiere begutachten. Ich persönlich kaufte dort all das, was wir für unsere diversen Wellensittiche benötigten, die übrigens alle auf den originellen Namen „Bubi“ hörten. In relativ kurzer Zeit reichte das Spektrum von Bubi 1 bis Bubi 5, die wohl allesamt nach kürzerer Zeit Opfer der Rauchschwaden in unserem Wohnzimmer wurden.

An der Ecke zur Defregger Straße existierte damals noch ein Geschäft mit Schul- und anderen Taschen. Just vor jenem Geschäft gab es während der Hauptschuljahre einmal eine Auseinandersetzung, an der auch einer meiner besten Freunde, Toni, den ich als völlig harmlos und eher schwächlich eingeschätzt hatte, beteiligt war. Eben dieser Toni wurde auf dem Nachhauseweg von einem Mitglied des berühmten „Clans" der Familie G. angestänkert und fortgesetzt provoziert, so dass er irgendwann einmal stehen blieb und seinem Widersacher tief in die Augen blickte. Daraufhin machte dieser einen Schritt auf ihn zu – und Toni verwendete kurzerhand den Uralttrick, indem er zu seinem blonden Widersacher sagte: „Schau mal, was da fliegt!" Dieser fiel darauf herein, blickte kurz nach oben und, ehe er sich versehen hatte, hatte er schon die Faust des Toni R. im Gesicht, dass es nur so rauschte. Daraufhin war er schwer mit sich selber beschäftigt und zog mit seiner Fangemeinde kleinlaut ab. Ab diesem Zeitpunkt sah ich den Toni mit etwas anderen Augen.

EXKURS: MEIN ERSTER URLAUB AM MEER MIT DEN REITMEIRS

Meine Hauptschuljahre waren auch geprägt von meiner Freundschaft zu den Reitmeier-Zwillingen, schließlich besuchten wir vier Jahre lang die gleiche Klasse. Wir lernten zusammen auf die Mathematikschularbeiten, wobei Herr Reitmeier, seines Zeichens selbst Hauptschullehrer, immer mal wieder hereinschaute und insbesondere dem Mathematik-Sorgenkind Toni auf die Sprünge half. Herr Reitmeier hatte wohl auch eine soziale Ader, denn, nachdem ich mir am 2. Jänner 1969, wie bereits im Kapitel über die Ferrariwiese geschildert, beim Skifahren das Schienbein gebrochen hatte, folgte der zweite Beinbruch just in der Resselstraße, vierzehn Tage nachdem man mir den ersten Gips abgenommen hatte. Nach der neuerlichen Gipsabnahme im Juni war mein Bein dann nur mehr ein Strich und die Krankenkasse, in der Person des späteren Finanzministers

Herbert Salcher übrigens, bewilligte meiner Mutter, sozusagen zur Therapie, einen Urlaubszuschuss: Herr Reitmeier bot an, mich mit seinen drei Jungs mit nach Jugoslawien zu nehmen, was mich natürlich mit Begeisterung erfüllte. Da mein Vater kein Auto hatte und natürlich auch kein Geld für Urlaube vorhanden war, wurde das mein erster Urlaub außerhalb Österreichs, und das noch dazu am Meer. Und so fuhren wir zu fünft im roten Käfer über Rijeka nach Novi Vinodolsk, gegenüber der Insel Krk gelegen, wo wir einen schönen Zeltplatz über dem Meer fanden. Ich erinnere mich noch an meinen ersten Blick aufs Meer: Es war überwältigend! Und auch das Erleben des Meeres im Wasser in unserer Bucht, mit den vielen Muscheln, Seeigeln und Seesternen, die wir herauftauchten, erschien mir wie ein Traum.

Warum es so besonders leicht ist, mich an das Jahr dieses Urlaubs zu erinnern, ist einfach erklärt: Eines Abends gingen wir ins Zentrum des kleinen Ortes, an dessen Rand sich unser Zeltplatz befand. Es gab dort genau ein Gasthaus, das übervoll war und in dem gerade der Fernseher lief. Mit gutem Grund, denn man sah, wie mit der amerikanischen Raumkapsel Apollo 11 zum ersten Mal Menschen auf dem Mond landeten, wie Neil Armstrong und die anderen Astronauten ihren ersten Mondspaziergang unternahmen, wobei Armstrongs berühmte Worte „That's one small step for a man, one giant leap for mankind“ fielen.

Mit von der Partie in diesem Urlaub war übrigens auch ein Lehrerkollege von Herrn Reitmeier, Werner Roth, den ich – viele Jahre später als Junglehrer – als meinen Direktor an der Handelsakademie Hall wiedertreffen sollte. Mein erster Urlaub im Ausland, am Meer, war also eine reine Männerangelegenheit. Ich habe diese zwei Wochen in sehr guter Erinnerung. Herr Reitmeir versorgte uns alle ausgezeichnet, und im Nachhinein finde ich es erstaunlich, dass er es auf sich genommen hat, mit vier halbwüchsigen jungen Männern seinen Urlaub zu verbringen. Der Campingplatz war noch dazu ohne jede Infrastruktur; ich erinnere mich vor allem an ein abenteuerliches Klo in Form einer am Felsen stehenden Holzhütte. Nachdem ich einmal eine Schlange davor gesichtet hatte, waren meine Klobesuche immer mit einer gewissen Spannung verbunden. Wir machten auch einige Ausflüge, einmal in das nahegelegene Senj, das ich als typisches mediterranes Städtchen mit Gassen und niedrigen Steinhäusern in Erinnerung habe. Ein anderer Ausflug führte uns in ein etwas höher gelegenes Dorf, in dem wir – sämtliche Reitmeirs, der Lehrerkollege und ich – auf einer Wiese eine Art Fußball-Länderspiel gegen eine Dorfauswahl absolvierten, das wir übrigens gewannen. Die Rückreise nach Tirol traten wir dann schließlich mit einigen getrockneten Seesternen und schönen Muscheln als Erinnerungsstücken an. Und: Der Umfang meines rechten Beines war stetig gewachsen und hatte am Ende des Urlaubs beinahe wieder seinen Normalumfang erlangt.

FASZINATION FUSSBALL: EINE FOLGENREICHE ENTDECKUNG

DIE ANFÄNGE IN DER RESSELSTRASSE

Die Freundschaft mit den Reitmeir-Brüdern hatte für mich eine äußerst folgenreiche, weil mein künftiges Leben nicht unmaßgeblich beeinflussende Entdeckung zur Folge: die Faszination des Fußballspiels.

Jener Walter Mitterer, der mir im Kampf um die Bandenführerschaft einst unterlegen war, war auch in der Hauptschule mein Klassenkamerad, ebenso wie Dietmar G. und die Reitmeir-Zwillinge Hugo und Toni, welche alle in der Resselstraße im Süden Pradls wohnten. Aus heutiger Sicht wundert man sich vielleicht, wo da ein Fußballfeld Platz hatte, aber damals gab es nur den Militärfriedhof und einen Grünstreifen, der diesen von der Resselstraße trennte. Im Süden des Friedhofs lag noch eine Art rechteckiger Sandplatz und, etwas weiter südöstlich, ein teilweise mit Gras bewachsener Platz, der allerdings den Nachteil hatte, unmittelbar neben der Resselstraße zu sein, was natürlich verkehrsbedingt nicht ideal war, sodass wir unsere Spiele eigentlich meistens auf dem Sandplatz austrugen. Das hatte zwar auch den Nachteil, dass die Bälle nach zu hohen Schüssen auf das nördliche Tor stets im benachbarten Kriegerfriedhof vor einem Grabstein eines im Ersten oder Zweiten Weltkrieg gefallenen Soldaten landeten, aber mangels Protests der „Getroffenen“ verflüchtigten sich die Schuldgefühle der Ballholenden schon bald. Möglich, dass sich Flachschüsse auf das Nordtor größerer Beliebtheit erfreuten, da man so nicht zweimal die Friedhofsmauer plus Ruhestörung in Kauf nehmen musste.

Unter der Woche wurde vor allem trainiert, das hieß, man schoss auf ein Tor, eine Art Schusstraining für einen Tormann, oder man spielte gegeneinander auf ein Tor, wenn zu wenige Leute da waren. Am Samstagnachmittag hingegen wurde „Meisterschaft“ gespielt, das heißt es gab sogenannte „Hofspiele“ zwischen den Bewohnern der Resselstraße und jenen der Rosegger Straße. Zum ersten Team zählten Walter M., die Brüder G. – Gerhard war schon etwas älter als mein Schulkollege Dietmar – und die Reitmeir-Zwillinge mit ihrem kleineren Bruder Hannes. Mit Ausnahme von Walter stammten alle anderen aus dem sogenannten „Lehrerhaus“, der Resselstraße 15, in welchem ausschließlich Lehrerfamilien wohnten. Wenn ich mich recht erinnere, war auch der ein oder andere Gastspieler aus diesem Lehrer-Haus mit von der Partie. Nun aber zur „Auswärtsmannschaft“ aus der Rosegger Straße. In diesem Zusammenhang sei noch erwähnt, dass ich als „Auswärtiger“ einen „Vertrag“ – ja, wir nahmen das sehr ernst – für die Rosegger Straße unterschrieben hatte, deren Mannschaft sich aus folgenden Spielern zusammensetzte: Im Tor stand meist Otto M., dazu kam als Feldspieler Adi W., unser „Sir“, der stets mit Fönwelle und gemächlichem Schritt den Platz betrat. Heute noch sehe ich Adi manchmal durch die Pradler Straße stolzieren, stets perfekt gekämmt und gekleidet und mich mit seiner sonoren Stimme grüßend: „Ah, da Pepi, nett, dass man sich wieder mal sieht, woasch no damals, als....“, und dann geht's weiter mit Erinnerungen aus der Vergangenheit. Aus dem Adi wurde ich nie schlau, er hatte und hat stets eine geheimnisvolle Aura um sich, hinter der sich ein Leben verbirgt, von dem wahrscheinlich nur ganz wenige Genaueres wissen. Adi W.s Bruder, ein eher kleingewachsener Rotschopf, verstärkte unsere Reihen auch des Öfteren. Der beste Spieler, sozusagen der Star der Rosegger Straße, war aber Robert „Gacks“ – warum auch immer er so genannt wurde – R., der nicht nur einige Jahre älter, sondern vor allem um Lichtjahre lässiger und cooler war als wir alle zusammen. Er hatte immer einen lockeren Spruch parat und schien mit sich selber absolut im Reinen zu sein. Er war auch äußerlich ein attraktiver Kerl und kam sicher bestens beim anderen Geschlecht an. War das – neben seinen scharfen und platzierten Schüssen auf dem Fußballfeld – der Grund für sein ausgeprägtes Selbstbewusstsein? Wie auch immer, die Hofspiele in der Resselstraße haben uns allen großen Spaß gemacht und für mich persönlich wurde dort die Grundlage für viel mehr Fußball geschaffen.

VON DER RESSELSTRASSE IN DIE WIESENGASSE ZUM PARADEKLUB FC WACKER INNSBRUCK

Die Reitmeirs und die Resselstraße rückten fußballmäßig irgendwann einmal in den Hintergrund und so schloss ich mich Walter M. an, der ein talentierter Kicker war, und mit ihm zusammen heuerte ich eines Tages in der Wiesengasse beim FC Wacker Innsbruck an. Wie begann nun meine „Karriere“ bei der Jugendabteilung des Tiroler Paradeclubs Wacker?

Zuerst einmal wurden wir Neuen vom Jugendleiter Herrn Oberweger, einem älteren, ziemlich streng wirkenden Funktionärstyp, in seinem kleinen, unspektakulären Büro in Empfang genommen. Nachdem wir einen grauen Mitgliederausweis mit den darauf abgedruckten Wackerfarben erhalten hatten, musste man Herrn Oberweger, dessen grantiger Gesichtsausdruck fast eine Art Markenzeichen war, ins Lager folgen, wo er begann, die für die Schuhnummer passenden Fußballschuhe zu suchen. Dabei gab es die Glücklichen, denen er Adidas-Schuhe überreichte und jene Pechvögel, denen er nur Schuhe der unbekannten No-name-Marke „Gola", ohne die drei magischen Streifen, in die Hand drückte. Ich hatte Pech. Aber das sollte meiner Begeisterung, bei Wacker aufgenommen worden zu sein, keinen Abbruch tun.

Natürlich war die Konkurrenz in diesem Renommierklub auch damals schon riesig. Schließlich wollte jeder zu Wacker, mit dem Ziel, vielleicht in fernerer Zukunft auch einmal vor zehntausend und mehr Zuschauern im Tivoli Stadion spielen zu können. Am Anfang hieß es natürlich, sich in der zweiten Schülermannschaft langsam zu etablieren – und das tat ich auch. Unser Trainer war ein gewisser Herr Seibt aus Wien, dem man seinen Zweitberuf Fußballtrainer (hauptberuflich war er Schneidermeister) überhaupt nicht ansah, war er doch, wie es so schön heißt, mehr breit als hoch. Man kann sich lebhaft vorstellen, wie es aussah, wenn er uns vorzeigte, wie man in einen leeren Raum sprintet – sein riesiger Bauch wippte dabei derart von oben nach unten, dass es einem Wunder glich, dass Herr Seibt nicht abhob. Als Wiener kannte er natürlich auch diverse „dirty tricks", die zum Beispiel besonders abgefeimte Verteidiger anwandten, um einen zu schnellen Gegenspieler auszuschalten. Das hieß dann im Seibt'schen Slang so: „Wonn'st neben eam herrennst, heast, dann gibst eam a Reiberl!", und das war übersetzt so zu verstehen, dass man versuchen sollte, mit seinem eigenen Knöchel am Knöchel des Gegenspielers entlangzuschrammen. Das setzte natürlich ein gewisses Geschick voraus, parallel zu laufen und genau im richtigen Moment den Knöchel des Gegners zu erwischen. Aber als offensiv orientierter Mittelfeldspieler war es, Gott sei Dank, nicht meine Hauptaufgabe, Gegner zu stoppen und so musste ich nie auf das „Reiberl“ zurückgreifen. Stichwort offensiver Mittelfeldspieler: Mir hatten es immer schon jene Spieler angetan, die bis vor ca. zehn Jahren die Rückennummer zehn trugen und allgemein als Spielmacher bezeichnet wurden. In der zweiten Mannschaft machte mir auch niemand diese Nummer und Position streitig. Auch durfte ich die meisten ruhenden Bälle, Eckstöße, Freistöße und sogar Elfmeter schießen, was meinem ziemlich unterentwickelten Selbstwertgefühl guttat, da einen das unweigerlich ins Rampenlicht rückte. Die Tatsache, dass ich sogar als Kapitän fungierte, hatte zur Folge, dass ich, nachdem ich meine Mannschaft auf das Feld geführt hatte, als Nächstes die Begrüßungsformel sprechen musste. Da ich den Wortlaut dieser Floskel nie schriftlich gesehen hatte, wiederholte ich, was ich immer passiv verstanden hatte und begrüßte die erste gegnerische Mannschaft mit den Worten: „Wir begrüßen den Schiedsrichter und die gegnerische Mannschaft mit einem dreifachen ‚Hippra‘!“ Erst einige Zeit später wurde mir klar, dass sich hinter meiner Wortschöpfung „hippra“ die Floskel „Hipp hipp hurrah“ verbarg. Da sieht man, wie wichtig es beim Erlernen von neuen Wörtern, entgegen der derzeit vorherrschenden Praxis, ist, das Schriftbild vor sich zu haben, um sich eine Floskel richtig zu merken.

Derart im Mittelpunkt zu stehen hatte schließlich zur Folge, dass der Trainer der ersten Schülermannschaft auf mich aufmerksam wurde, und das war kein Geringerer als Ex-Nationalspieler Walter Ludescher, auf den ich doch kurz näher eingehen möchte. Ludescher war ehemaliger Wacker- und Nationalspieler, der aber seine Karriere leider wegen einer schweren Knieverletzung frühzeitig beenden musste. Er war linker Verteidiger gewesen und ich erinnere mich noch gut, wie er uns auf einer Fahrt zu einem Auswärtsspiel von seinem berühmtesten Auftritt erzählte, und zwar vom legendären 3:2-Auswärtssieg der österreichischen Nationalmannschaft im Londoner Wembley Stadion, bei dem Toni Fritsch zum Wembley-Toni avancierte, nachdem er mit zwei Toren die Grundlage für den Sieg geschaffen hatte. Ludescher selbst hatte die hehre Aufgabe, gegen den berühmten Bobby Charlton zu spielen, von dessen Tricks, aber auch teilweise unfairen Mätzchen Ludescher schwärmte. Was mich aber an unserem Trainer neben seiner Fußballer-Karriere besonders beeindruckte, war, dass er nach seiner schweren Verletzung ein Sport- und Geografie-Studium absolvierte und auch abschloss und nebenbei auch noch die Trainerprüfung ablegte. Das heißt, dass er vormittags im Gymnasium unterrichtete und am Abend weiter seiner Fußballleidenschaft als Trainer seines Ex-Vereins FC Wacker Innsbruck nachging. Und Ludescher war als Trainer insofern „ein Glücksfall", als er auch über Eigenschaften, die nicht alle ehemaligen Spieler einbrachten, verfügte: Er war intelligent, gebildet, menschlich und ein absoluter Fachmann. Beinahe hätte ich seine ruhige Art vergessen, mit der er uns auf Spiele vorbereitete, uns während der Matches unterstützte, ohne die Spielanalyse danach zu vergessen. Spannend waren natürlich immer die Momente, in denen er die Aufstellung bekanntgab: Ich war stets erleichtert, wenn Ludescher in seiner ihm eigenen Kärntner Aussprache sagte: „... und im Mittelfeld reechts da Joseeef." Da stellten sich jedes Mal ein Glücksgefühl und entsprechende

Vorfreude ein, und das Stammleiberl war in meinem absolut besten Jahr bei der ersten Schülermannschaft des FC Wacker Balsam auf meine junge Fußballerseele. In diesem Jahr hatten wir eine erstklassige Mannschaft. Einer der herausragendsten Spieler war der linke Mittelfeldspieler Peter Lercher, den ich auch von der Hauptschule her kannte. Peters Spitzname war „Bieber“, was wohl auf seine große Lücke zwischen den vorderen Schneidezähnen zurückzuführen war. Er war von starker körperlicher Statur, mit massiven Oberschenkeln, denen er seine hervorragende Schusskraft verdankte. Wenn er mit seinem starken Linken zum Schuss kam, „klingelte“ es regelmäßig. Gerhard Hörtnagl war ein starker rechter Außendecker, der unmittelbar hinter mir agierte. Auch der linke Außendecker, Werner Mautner, ein schmächtiger, technisch recht versierter Offensivverteidiger, ist mir noch gut in Erinnerung. Und ich glaube mich auch an unseren Mittelstürmer Roland Heinz noch erinnern zu können, der körperlich stark, durchschlagskräftig, torgefährlich und schnell war und somit über alle Eigenschaften, die einen Mittelstürmer auszeichnen, verfügte. Nicht zu vergessen: Als Rechtsaußen stürmte mein Kollege aus den Resselstraße-Zeiten, Walter Mitterer. Und mit dem Sohn unseres Zweier-Trainers Harald Seibt hatten wir darüber hinaus auch noch einen überaus dynamischen und schnellen linken Flügelstürmer.

Warum ich diese Saison immer mit meiner Zeit bei Wacker verbinde, ist auch durch die Tatsache bedingt, dass wir damals der WSG Wattens ein Kopf-an-Kopf-Rennen um die Meisterschaft lieferten, das in einem wahren Endspiel – wir bestritten das letzte Spiel eben gegen Wattens – gipfelte und auf dem neutralen Boden des ASKÖ Platzes in der Reichenau ausgetragen wurde.

Die Besonderheit des Spiels wurde auch dadurch unterstrichen, dass der Trainer uns genaue Essens- und Verhaltensvorschriften machte – früh schlafen gehen, nach dem Frühstück nichts mehr essen, nur Flüssigkeit zu sich nehmen. An einem Samstag um 14 Uhr war es dann soweit: Anfangs lief es nicht so gut für uns und wir gerieten durch einen Treffer des langen Mittelstürmers von Wattens, eines groß gewachsenen Burschen namens Remes, in Rückstand. Es gelang uns im Verlaufe des Spieles aber auszugleichen, und dann war es der bereits erwähnte Peter Lercher, der schließlich den Siegtreffer zum 2:1 erzielte.

Und so waren wir Meister und überglücklich darüber. Ein Spiel zuvor ist noch nachzutragen, dabei handelte es sich um ein Vorspiel zu der Partie gegen Wacker (ein 5:0-Sieg gegen Radenthein), das wir mit 5:2 Toren gegen den ISK gewannen. Dieses Spiel vor mehreren tausend Zuschauern war wohl eines meiner absoluten Highlights.

Meine Fußballkarriere dauerte allerdings nicht mehr sehr lange; ich spielte, glaube ich, noch ein Jahr in der Jugendmannschaft, unter einem Trainer namens Willy Almer, der mir bis vor einigen Jahren noch stets bei Wackerspielen als Ordner auffiel. Mir wurde damals, mit sechzehn Jahren, klar, dass ich mich zwischen Schule und Fußball entscheiden musste. Dreimal pro Woche zu trainieren plus das Spiel am Wochenende ging sich nicht mehr aus, und damit war auch ein Stammplatz in einer Mannschaft nicht mehr realistisch.

Abschließend möchte ich aber noch erwähnen, dass, während meines letzten Jahres bei der Wacker-Jugend, nach uns die Junioren trainierten: Darunter waren bekannte Leute wie Didi Constantini und sein – wahrscheinlich sogar noch talentierterer, wenn auch schmächtiger – Bruder Germar, die übrigens ganz in meiner Nähe in der Gumppstraße wohnten. Der dritte Constantini, Oskar, hatte während meiner Zeit in der 2. Schülermannschaft das Tor gehütet. Ein weiterer bekannter Spieler der Junioren war der spätere Nationalspieler Franz Oberacher, der immerhin beim legendären 3:2-Sieg Österreichs über Deutschland in Cordoba dabei war. Beim Training sah ich den Franz allerdings nie, vielleicht hat er in seinem Heimatort Natters mittrainiert. Gespielt hat er, der Flügelflitzer aus Natters, aber regelmäßig – das erinnert irgendwie an den ebenfalls aus dem Mittelgebirge stammenden Sänger(wunder)knaben Haidegger.

Der wohl talentierteste Spieler der Juniorenmannschaft war aber zweifellos Karlheinz Lercher, der Bruder meines Mannschaftskameraden Peter. Er war noch ein klassischer Linksaußen, so wie der legendäre Georgie Best von Manchester United, dem er mit seiner Mähne sogar ziemlich ähnlich sah. Er war schnell, verfügte über einen präzisen Schuss und eine gute Technik und war torgefährlich. Aber wie sein berühmter Doppelgänger von Manchester United, war er wohl den verschiedenen Reizen des Lebens nicht ganz abgeneigt, und das verhinderte wohl eine sonst viel größere Karriere.

MEINE PERSÖNLICHE WACKER-STORY

Selber Fußball zu spielen, war eine Sache, aber wirklich gespeist wurde diese Begeisterung von der damals einsetzenden Erfolgswelle, auf der der FC Wacker Innsbruck in den siebziger Jahren schwamm. Die Gumppstraße war dabei eine Art Fußballertreffpunkt.

In den erfolgreichen Wacker-Jahren nach 1970 trafen sich nämlich die Spieler dort immer vor der Abreise zu den Auswärtsspielen, wo sie dann beim Gasthof Laurin den Wacker-Bus bestiegen. Ich getraute mich dann eigentlich gar nicht in die Nähe und beobachtete meine Helden aus dem Tivoli-Stadion sozusagen aus gesicherter Entfernung vom Fenster unserer ums Eck gelegenen Wohnung in der Pradler Straße. Als der Bus abfuhr, schlich ich mich aber in diesen Teil der Gumppstraße und sah mir die Spielerautos an: Zwei Spieler, Franz Wolny und Herbert Rettensteiner, hatten einen Mercedes, Ettmayr dagegen nur ein älteres Fiat-Modell. Apropos Rettensteiner: Der Torhüter hatte im Haus meiner Eltern einen Friseurladen eröffnet (das war die frühere Gemischtwarenhandlung des netten Herrn Licha), Franz Wolny war in Wilten Pächter eines Sportcafés. Wolny war übrigens mein Lieblingsspieler, und es ärgerte mich immer, wenn wieder einmal ein Zuschauer „Whisky-Franz“ hineinschrie, was wohl dem Umstand geschuldet war, dass dieser eben auch bekannt dafür war, gerne mehrere hochgeistige Getränke in seinem Sportcafé zu sich zu nehmen.

Gerade zu der Zeit, als ich selber bei Wacker war, stellten sich die ersten großen Erfolge dieser Mannschaft ein, auf die ich nun kurz eingehen möchte. 1970 gewannen Ettmayr, Wolny, Jara und Co zum ersten Mal den österreichischen Cup (1:0-Sieg gegen den LASK, Torschütze: Buffy Ettmayr) und waren somit zum ersten Mal für den Europacup qualifiziert. Mit einiger Mühe kam man über das unbekannte Team von Partizan Tirana hinweg. Und das, obwohl man im Heimspiel nach zwei unerklärlichen Fehlern des unter einer angeblichen Nachtblindheit leidenden späteren Nationaltorhüters Herbert Rettensteiner bereits 2:0

in Rückstand gelegen hatte. Schließlich siegte Wacker aber noch mit 3:2, und zurück blieb die Mär von der Nachtblindheit von Herbert Rettensteiner. Ach ja, für die Vereinshistoriker: Ettmayr, Obert und Francescin waren die Torschützen. Das Rückspiel wurde dann in Tirana durch zwei Treffer des Ex-Rapidlers Poldl Grausam ebenfalls gewonnen, und so hieß der nächste Gegner Real Madrid.

Im Hinspiel in Madrid passierte dann das absolut Unfassbare, Wacker gelang einer der größten Erfolge der Vereinsgeschichte: Nach einem spektakulären Tor von Poldl Grausam, dessen Name an diesem Tag für Real Madrid zum Programm wurde, gewann man schließlich nach einer wahren Abwehrschlacht im Bernabéu Stadion mit 1:0. Ich erinnere mich noch an den O-Ton des legendären Radioreporters Bertl Neumann, der nach den zahlreichen vergebenen Chancen der Madrilenen wiederholt frohlockte: „Daneben, daneben, daneben!“ Die Hoffnungen auf einen Aufstieg waren groß, wurden allerdings in einem vollkommen ausverkauften Tivoli-Stadion durch einen 2:0-Sieg des „weißen Ballets“ von Real Madrid zunichte gemacht. Ich sah das Spiel als 13-Jähriger von einem Baum aus, reguläre Plätze gab es keine mehr. Was, wird sich der verwirrte Leser fragen, hat das mit der Gumppstraße zu tun?

Eine kurze Anekdote als Vorspann zum großen Schlager: Am Abend vor dem großen Spiel war mir klar, dass das Starensemble irgendwann einmal das Stadion besichtigen würde und so fiel mir natürlich das eingeschaltete Flutlicht im Tivoli-Stadion auf, das ich, um die Ecke der Pradler Straße biegend, in der Gumppstraße wahrnahm. Daraufhin begab ich mich natürlich sofort an jenen „geheiligten“ Ort und sah schon den

Bus mit spanischem Kennzeichen, aus dem gerade die Spieler stiegen und sich Richtung Stadion bewegten. Das Tor war geöffnet und so mischte ich mich unter die anderen Neugierigen und fand mich ganz plötzlich knapp neben dem wohl damals berühmtesten Real-Spieler: Amaro Amancio, der Nummer Sieben. Man kann sich vorstellen, wie sich ein junger Fußballfan aus der österreichischen Provinz beim Anblick eines derartigen Stars fühlt. Ein weiterer Real-Spieler, der mir damals aber nicht auffiel, hieß übrigens Vincente del Bosque – der Ex-Trainer der spanischen Nationalmannschaft. War der Cupsieg 1970 die Einleitung zum wichtigsten Kapitel in der Vereinsgeschichte des FC Wacker Innsbruck, so wurde ein Jahr später unter dem neuen Trainer Otto Baric der erste Meistertitel geschafft, der mit einer Begeisterung in Innsbruck gefeiert wurde, die ihresgleichen suchte. Im letzten Spiel wurde Wacker Wien auswärts 4:2 besiegt und so zog ganz Fußball-Innsbruck schon am Abend Richtung Maria-Theresien-Straße, wo die Spieler allerdings erst in den Morgenstunden eintrafen, weshalb ich selber leider nicht mehr zugegen war. Aber mein persönlicher Beitrag zur Meisterfeier war dann folgender: Ich hatte damals von meinem Vater ein ziemlich bescheidenes, gebrauchtes Herrenrad geschenkt bekommen, das ich mit einer einen halben Meter hohen, gebogenen Lenkstange aufpeppte, wie sie im Jahrzehnt von „Easy Rider“ bei Motorrädern typisch waren. Ich verband die beiden Enden mit Isolierband der Farben Schwarz und Grün. Auf die dadurch entstandene Fläche klebte ich das Bild der Meistermannschaft und „ritt“ so durch Pradls Straßen – ein göttlicher Anblick nicht nur für die Fußballfans, sondern auch ein Hochgefühl für jenen fußballbegeisterten Jungen, dessen Kopf darüber zum Vorschein kam. Im Europacup der Meister wurde Wacker mit Benfica Lissabon auch im Meistercup ein weiteres Schwergewicht von der iberischen Halbinsel zugelost, was zwar den tollen Nebeneffekt hatte, dass der große Eusebio den Rasen des Tivoli-Stadions heiligte, diesen Auftritt allerdings auch mit einem Tor krönte, sodass bereits im Hinspiel am Tivoli mit 4:1 für die Gäste alles klar war.

Abschließend möchte ich angesichts der krisenhaften Entwicklung des Klubs nach dem Zwangsabstieg 2003 über diesen Klub doch festhalten: Mit Erwin Steinlechner hatte man damals einen umsichtigen, durchsetzungskräftigen Präsidenten, der zwar von Fußball wenig verstand, aber stets die richtigen – heute würde man sagen Scouts – um sich scharte, die junge, talentierte Spieler von anderen Vereinen engagierten, die bei Wacker dann richtiggehend aufblühten. Wobei auffällt, dass die erfolgreichsten und populärsten Spieler meist aus Wien stammten: Ettmayer, Wolny, Welzl, später dann Pacult; selbst Roscher ist zu erwähnen. All diese Spieler sorgten mit ihrer überragenden Technik, ihrem typisch wienerischen Spielwitz und ihren vielen Toren für Höhepunkte auf dem Rasen des Tivoli-Stadions, von denen wahrscheinlich der 3:0-Sieg gegen Celtic Glasgow in Salzburg (Stichwort: „Warst du auch dabei“?) und der darauf folgende 3:1-Heimsieg gegen Mönchengladbach noch besonders hervorstachen.

VON DER ÖSTLICHEN GUMPP-STRASSE ÜBER DIE DEFREGGER STRASSE ZURÜCK ZUM RAPOLDI-PARK

Genau dort, wo die Autos der Wacker-Spieler in der Gumppstraße geparkt waren, befand sich der Gasthof „Laurin“, den ich auch durch meinen Vater kennen lernen durfte, ebenso wie seinen Pächter, einen gesprächigen Mann mit Glatze. Nebenan befand sich die Glaserei „Didusch“, die neben Glas verschiedenster Art diverse Spiegel im Angebot hatte. Eine Glaserei war damals ein wichtiges Geschäft, denn ging einmal eine Scheibe zu Bruch und man stand teilweise im Freien, war der schnelle Ersatz der Scheibe von großer Wichtigkeit. Ich erinnere mich an die Tochter der Inhaber, eine kleine, aber sehr attraktive junge Dame mit Brille, die man des Öfteren schnellen Schrittes hinein- bzw. aus dem Geschäft hinausgehen sehen konnte.

Neben der Glaserei Didusch gab es eine Unterführung. Das daran angrenzende Gebäude wurde irgendwann einmal zu dem damals durchaus groß dimensionierten Laurin-Kino ausgebaut, das über aufsteigende Sitzreihen verfügte. Man stelle sich das vor, ein Stadtteil mit einem eigenen Kino, das erhöhte zweifellos die Attraktivität von Pradl. Ich erinnere mich daran, dort 1971 das legendäre „Concert for Bangladesh“ gesehen zu haben, das vom Ex-Beatle George Harrison organisiert wurde und für Bob Geldoff beispielhaft für seine späteren Benefizkonzerte wurde. Harrison wurde von seinem indischen Freund und musikalischen Lehrer Ravi Shankar gebeten, die große Hungersnot in diesem bettelarmen Land Bangladesh lindern zu helfen, ließ sich nicht lange bitten und vereinigte Stars wie Bob Dylan, Eric Clapton, Ringo Starr und viele andere im New Yorker Madison Square Garden, die dort, ohne eine Gage zu kassieren, vor einem Massenpublikum – und durch die Plattenverkäufe des ersten Dreieralbums der Musikgeschichte – viel Geld für Bangladesch einspielten. Auch der ein oder andere Winnetou-Film wurde übrigens im Laurin-Kino gezeigt. Leider gab es dieses Kino nicht allzu lange. Wohl aus wirtschaftlichen Gründen musste es eines Tages einem KONSUM-Supermarkt weichen.

Schräg gegenüber gab es ein äußerst wichtiges Gebäude, das wohl alle Pradler in regelmäßigen Abständen aufsuchten: die Pradler Post. Es liegt nahe, warum dieses Gebäude damals von so großer Wichtigkeit war. Es gab dort geschlossene Telefonzellen, in denen man auch Auslandsgespräche führen konnte. Auch wenn das für meine Familie selten nötig war, wäre die Post der einzige Ort gewesen, wo man das hätte tun können. Nicht weniger wichtig war die Aufgabe bzw. Abholung von Paketen. Da mein Bruder Walter die meisten Jahre über bei den Großeltern in Osttirol lebte, schickte meine Mutter ihm immer wieder Pakete zu den diversen Anlässen. Mir ist noch das braune Packpapier und dessen Geruch in Erinnerung, auf das man groß den Empfänger und, klein in ein Eck, den Absender schrieb. Aber auch Briefe, insbesondere die Luftpostbriefe, wie z.B. jene, die meine Mutter ihrem Vater nach Paraguay schickte, musste man direkt in der Post aufgeben.

Pradl war aber auch ein Stadtteil der Kaffeehäuser und Konditoreien. Und so gab es, nachdem man die Gabelsberger Straße passiert hatte, die Konditorei Kaufmann, deren Produkte ebenfalls von guter Qualität waren. Der Pächter, Herr Kaufmann, ist mir in seiner Erscheinung durchaus noch in Erinnerung, man könnte sich ihn am besten als eine Art Kevin Spacey vorstellen, allerdings in einem wenig aufregenden braunen Mantel, in dem er offensichtlich seine Creme- und Kardinalschnitten produzierte.

Was aber wäre ein Stadtteil ohne Polizei: Die Pradler Wachstube befindet sich in der Langstraße, Ecke Gumppstraße. Einmal landete ich dort höchst unfreiwillig, und das hatte folgenden Grund: Mein späterer bester Freund Siggi Dellemann, den ich in der Handelsakademie kennen gelernt hatte, hatte immer alles als Erster: ein Maxi-Moped, dann eine gelbe KTM-Cross, schließlich einen nigelnagelneuen VW-Käfer. Am Anfang unserer Freundschaft hatte er bereits ein Maxi-Moped, ich hingegen musste mich mit dem von ihm geliehenen Rennrad zufriedengeben. Darauf konnte ich natürlich mit dem Tempo seines Maxis nicht Schritt halten, weshalb ich die geniale Idee hatte, mich an Siggis Maxi einfach festzuhalten – und siehe da, plötzlich war ich gleich schnell. Die Freude darüber währte allerdings nicht lange, denn ohne dass ich es bemerkt hätte, näherte sich von hinten eben eine Polizeistreife, überholte uns und winkte uns zur Seite. Nach einer Standpauke wurden wir aufgefordert, mit auf die Wachstube in der Langstraße zu kommen, um dort den Vorfall aufzunehmen. Beim Betreten derselben fühlte ich mich wie ein Schwerverbrecher und hatte ein äußerst ungutes Gefühl, was die Konsequenzen dieses Vergehens betraf. Das Ganze war dann aber nicht so schlimm und mit einer kleinen Geldstrafe hatte es sich dann auch schon.

ÜBER DIE DEFREGGERSTRASSE ZURÜCK ZUM RAPOLDIPARK

Kehren wir nun zum Schluss noch einmal zurück in die Pradler Straße, die wir Richtung Defregger Straße überqueren, lassen das Scharfe Eck hinter uns, und schon landen wir damals nach ein paar Schritten bei der Fisch-, Geflügel- und Wildbret-Handlung „Frühauf".

Der Sohn des Geschäftsinhabers, Rainer, ging mit mir in die Volksschule und war zusätzlich in meiner unmittelbaren Nachbarschaft, sodass eine lose Freundschaft entstand. Rainer war ein zwar kräftig gebauter, aber eher kleingewachsener Junge mit Lockenkopf und einem mir immer noch in Erinnerung bleibenden Gang: Er verzögerte beim Gehen leicht den Schritt, als wollte er kurz innehalten, bevor er den Schritt endgültig setzte. Darüber hinaus erinnere ich mich auch daran, dass er etwas schwer atmete. Sein Vater war ein lebensfroher, attraktiver Mann, ebenfalls mit lockigem, meist fettigem Haar, manchmal trug er eine lederne Knickerbocker und einen blauen Arbeitsmantel. Besonders in Erinnerung blieb mir in Bezug auf die Familie Frühauf eine Fahrt nach Achenkirch, zu der Herr Frühauf uns Kinder, seinen Sohn und mich, mitnahm. Während der Fahrt unterhielt uns der stets gut gelaunte Mann bestens. Auf der Hinfahrt war mir der Zweck unseres Ausflugs eigentlich nicht ganz klar. Hätte ich nämlich gewusst, was mich an diesem Tag erwartet, wäre ich nicht mitgefahren. Jedenfalls wurde der Opel-Kombi des Herrn Frühauf, dessen Rücksitze zu einer ebenen Fläche umgeklappt wurden, mit einer toten Hirschkuh beladen – sehr zu meinem Missfallen, das ich allerdings nicht zur Schau tragen wollte, da mir das ja als Undankbarkeit hätte ausgelegt werden können. Wir saßen zu dritt auf den Vordersitzen und ich vermied es um jeden Preis, einen Blick nach hinten zu werfen. Was sich allerdings nicht vermeiden ließ, waren die durch die kurvige Strecke bedingten Geräusche, die durch das Hin- und Herpendeln des Kopfes der toten Hirschkuh im hinteren Bereich des Wagens verursacht wurden. Man kann sich vorstellen, dass, bei mir zumindest, Erleichterung einkehrte, als wir endlich wieder in der Defregger Straße eintrafen und die arme Hirschkuh wohl ihrer weiteren Bestimmung in den auf der Gartenseite gelegenen Räumen von Herrn Frühaufs Geschäft zugeführt wurde.

Was unsere Familie noch zusätzlich mit der Fischhandlung verband, waren recht regelmäßige Einkäufe von Fisch für das Essen am Freitag. Obwohl wir keine sehr religiöse Familie waren, hielt sich unser wöchentlicher Speiseplan doch an das Fleischtabu am Freitag. Wenn es Fisch vom Frühauf gab, dann immer Kabeljau, da das zu dieser Zeit der eindeutig günstigste Fisch im Angebot war.

Getreu dem Motto „Kein Straßeneck ohne Gasthaus“ gab es auch auf der nördlichen Seite der Defregger Straße, an der Ecke zur Körner Straße, die sogenannte „Defregger Stube“, die zur Zeit meiner Kindheit nicht zu den Nobelgasthäusern zählte, sondern eher ein einfach eingerichtetes altes Gasthaus war, in dem sich viel Laufkundschaft versammelte. Später wurde daraus dann der „Leipziger Hof“, ein Restaurant mit einem Hotel, das auch durchaus höheren kulinarischen Ansprüchen gerecht wurde und mit der alten Defregger Stub’n wohl nur mehr den Ort gemein hatte.

Am schräg gegenüberliegenden Eck befand sich die Teppichwarenhandlung „Auernigg“, die auch den gesamten Bereich Vorhänge und Bodenbeläge abdeckte und, vor dem Aufkommen der Baumärkte, auch einen wichtigen Geschäftszweig darstellte, auf den eigentlich niemand, der Wert auf eine schöne Gestaltung bzw. Renovierung der Wohnung legte, verzichten konnte.

Bevor wir am Ende der Defregger Straße eintreffen, fällt mir noch ein emotional bewegendes Erlebnis ein. Kurz nach dem Geschäft Auernigg war die Ordination unser Zahnärztin, einer Frau Doktor Reisch. Es war klar, dass die Zähne meines Vaters dauernd Probleme machten und – nicht zuletzt mangels Pflege – in einem schlechten Zustand waren. So fragte mich mein Vater eines Tages, ob ich ihn zur Zahnärztin begleiten würde, die ihm bei seinem letzten Besuch eröffnet hatte, dass sie ihm alle oberen Zähne ziehen müsse, da eine Sanierung aussichtslos sei und nur mehr eine Prothese als Lösung infrage komme.

Natürlich war das für meinen Vater nicht leicht und auch schmerzhaft und so leistete ich ihm solidarisch moralische Hilfe, obwohl ich natürlich schon, insgeheim, schockiert war, wie wir uns dann zusammen auf den Heimweg begaben, den mein Vater ohne obere Zähne antreten musste. Ich erinnere mich, wie er dann später von seiner Prothese immer als „Klavier" sprach, wenn er dieses wieder einmal vor dem Schlafen verlegt hatte und nicht gleich wiederfinden konnte. Der Anblick desselben unter der Couch entbehrte dann auch nicht einer gewissen Komik. Aber immerhin, der Zahnarzt war kein Thema mehr, dafür allerdings beim Einkauf mitunter Kukident, die allseits bekannte Haftcreme. Eines muss man auch noch feststellen: So eine Prothese, selbst jene von der Krankenkasse bezahlte, kann im Vergleich zum vorherigen Zustand optisch durchaus was hermachen.

Die letzte Station in der Defregger Straße war der Optikerladen des Herrn Stastny. Ich erwähne nur nebenbei, dass der Name des ersten legendären Wacker-Trainers und späteren Teamchefs ebenfalls Stastny, nämlich Leopold Stastny, war, der in unserer Nähe in Pradl wohnte und oft mit einem dezenten schwarzen Mantel durch die Pradler Straße wandelte. Aber zurück zum Optiker Stastny, einem Mann mit Schnurrbart. Dieser versorgte die Pradler mit dem für manche so wichtigen Weitblick; den Durchblick musste man damals aber schon selber entwickeln.

Mit dem Blick auf den gegenüberliegenden Rapoldipark schließt sich der Kreis meines Rundgangs durch Pradl. Dieser Park war, wie bereits ausgeführt, für uns ein sehr wichtiger Ort unserer Kindheit. Damit wären wir am Ende einer längeren, sehr persönlich gefärbten Reise durch den Stadtteil Pradl angelangt, die vor allem ein Bild davon vermitteln sollte, wie sehr das bunte, vielfältige Leben in diesem Stadtteil meine Kindheit und Jugend geprägt hat.

Ein aktuelles Bild des Rapoldipark-Zugangs – Blick von der Defregger Straße.

WAS BLEIBT VON PRADL?

Diese Zeitreise zurück in die Jahre meiner Kindheit in Pradl hat großen Spaß gemacht und mir die Möglichkeit geboten, die wichtigsten Orte und Plätze noch einmal aufzusuchen und sie mit Leben zu erfüllen. Die Tatsache, dass es mir kaum Mühe bzw. Probleme bereitete, mich an Personen und Ereignisse erinnern zu können, die teilweise über fünfzig Jahre zurückliegen, zeigt, dass diese bei mir offensichtlich einen bleibenden Eindruck hinterlassen haben.

Die Bedeutung Pradls als Lebensraum, in dem sich das alles abgespielt hat, wird dabei mehr als deutlich und dokumentiert, welch einzigartiger Innsbrucker Stadtteil Pradl damals war und wohl bis heute noch ist. Sucht man nach Gründen dafür, stellt man schnell fest, wie viele und wie wichtige Attraktionen es dort gab bzw. immer noch gibt: das Hallenbad, den – heute noch viel größeren – Rapoldipark, das Tivoli-Freibad, das alte und später das neue Tivoli-Stadion – Einrichtungen, die, alle zusammen genommen, Pradl zu einem sozialen Zentrum für viele Innsbrucker werden ließen. Dazu kommen noch die zahlreichen Geschäfte, Gasthäuser und für das Leben wichtigen öffentlichen Einrichtungen, die Pradl nicht nur für die Anrainer, sondern auch für Studenten und jüngere Paare zu einem attraktiven Wohnviertel gemacht haben.

Ein gravierender Unterschied zwischen heute und damals liegt sicherlich darin, dass zur Zeit meiner Kindheit die Versorgung mit den Gütern des täglichen Lebens ohne Zweifel noch zu Fuß möglich war, da es eine Vielzahl und Vielfalt an Geschäften gab, die ein Verlassen des Stadtteils unnötig machte. Das hieß auch, dass Familien ohne Auto ihren täglichen Bedarf ohne Probleme vor Ort decken konnten. Aber auch für die Beschaffung von nur gelegentlich benötigten Waren wie Vorhängen, Farben, Werkzeug etc. war gesorgt, nur dass man eben nicht einen Baumarkt, in dem es alles gab, sondern mehrere Geschäfte aufsuchen musste, wenn man zum Beispiel in eine neue Wohnung zog oder seine alte neu gestalten wollte. Dass das vielfältige Angebot der Geschäfte auch noch den Freizeitbereich abdeckte – man denke zum Beispiel an die Fahrrad- und Elektrofachgeschäfte bzw. den sogenannten „Bastlerladen" –, beeindruckt einen im Nachhinein immer noch. Wenn man sich etwa den Stress vergegenwärtigt, den man heute mit der Fahrt zu diversen Supermärkten oder Baumärkten verbindet, so wünscht man sich nostalgisch in die Pradler Straße der siebziger Jahre zurück. Der Stress beginnt heute schon beim Parken, verstärkt sich bei der Suche nach diversen Waren ohne fachkundig unterstützendes Personal und endet in der langen Schlange, in der man vor der Kassa dann wartet. Apropos Parken: Will man heute gegen Abend in der Pradler oder Gumppstraße einen freien Parkplatz finden, so wird man lange suchen müssen. Im Vergleich zu früher gibt es heute nämlich einfach viel mehr Autobesitzer, selbst innerhalb einer Familie sind das oft mehrere Personen. Das Parkproblem ist aber sicherlich auch durch das Fehlen von Tiefgaragen bedingt, die es im Kernbereich Pradls noch immer kaum gibt, was aber wiederum auch seine positive Seite hat, da es, mit wenigen Ausnahmen, kaum Hochhäuser gibt.

Was die derzeitige Lebensmittelversorgung betrifft, so scheint Pradl mit drei Supermärkten in ziemlicher Nähe zueinander weiterhin gut ausgestattet zu sein. Ein M-Preis im Hinterhof des südlichen Teils der Pradler Straße, ein weiterer in der Amraser Straße und ein Spar in der Gumppstraße, da, wo einst das Laurin-Kino untergebracht war, bieten ausreichend Versorgungsmöglichkeiten für die Deckung des täglichen Bedarfs. Dazu kommt noch, für gehobenere Ansprüche, ein Merkur-Markt im Bereich des alten Tivoli-Stadions. Dort sind ja bekannterweise auch das Pflegeheim Tivoli, einige moderne Wohnblöcke sowie ein Kindergarten entstanden. Das Tivoli-Stadion fand im Jahr 2000 seine neue Stätte unmittelbar nördlich des Eisstadions in den ehemaligen Tollinger-Feldern.

Bezüglich der Niedrigbauweise und der großzügigen Grünfläche in den Höfen dürfte sich künftig einiges ändern, indem die von der Politik nunmehr verordnete verdichtete Bauweise im Bereich des Eichhofs und der Egerdachstraße etwa umgesetzt werden soll. Heute finden sich dort noch zweistöckige Bauten mit quadratisch angelegten Häuserfronten, einer sehr großzügig dimensionierten Grünfläche im Inneren und ausreichend Spieleinrichtungen für die Kinder. Nach letzten Informationen sollen diese Häuser abgerissen und durch moderne, höhere Wohnblöcke ersetzt werden. „Verdichtete Bauweise“ heißt das neue Schlagwort zur Bewältigung der Wohnungsnot in Innsbruck. Dazu gehört auch die unmittelbar bevorstehende bauliche Erschließung der Innenhöfe im Lindenhof bzw. in der Langstraße. Trotzdem wird sich Pradl mit seiner Niedrigbauweise auch in Zukunft deutlich zum Beispiel von der angrenzenden Reichenau und, noch viel krasser, vom Olympischen Dorf mit seinen Hochhaus-Komplexen unterscheiden. Das heißt, dass Pradl auch künftig noch über einen relativ hohen Grünanteil verfügen wird, was sich sowohl auf die Freizeitmöglichkeiten für Kinder als auch auf die Luft- und somit die Lebensqualität insgesamt positiv auswirken wird.

Der Neubau in der Gumppstraße steht bereits, passend dazu der neue IVB-Bus.

Politisch gesehen war Pradl wohl immer eindeutig ein linker Stadtteil, was durch einen überwiegend der Lohnarbeit zuzuordnenden Bevölkerungsanteil bedingt war. Hier lebten also vor allem Menschen, die auf günstige Mietwohnungen an der Peripherie der Stadt angewiesen waren. Ein gut ausgebildetes Netz öffentlicher Verkehrsmittel – vor allem in Form der Straßenbahnlinie 3 – machte den Weg in die Stadt oder in einen anderen Stadtteil aber zu einem zeitlich überschaubaren Unterfangen.

Die Dominanz des Arbeiteranteils in der Pradler Bevölkerung bildete sich natürlich auch entsprechend in den Schulen ab, sodass es die Pradler SchülerInnen in erster Linie mit ihresgleichen zu tun bekamen und auch Freundschaften sozial entsprechend zusammengesetzt waren. Von der Volksschule führte der Weg für die meisten von uns in die Hauptschule. „Gymnasium" war für die meisten Pradler Familien ein Fremdwort im doppelten Sinne, im Gegensatz zum positiv konnotierten Begriff „Hauptschule". Und trotzdem entstand in den siebziger Jahren mit dem Reithmann-Gymnasium eine allgemeinbildende höhere Schule an der Grenze von Pradl zur Reichenau, was sowohl zur Entlastung der bestehenden Gymnasien in Innsbruck beitrug als auch zumindest vereinzelten Pradler Volksschulabgängern die Möglichkeit bot, eine allgemeinbildende höhere Schule zu besuchen – wenn sie nicht durch einen bildungsfernen familiären Hintergrund bedingt in der Hauptschule landeten.

Bleiben wir bei der Soziologie. Es ist sicherlich auch kein Zufall, dass die oft als „proletarisch" bezeichnete Sportart Fußball für Kinder und Jugendliche in Pradl eine der bevorzugten Freizeitaktivitäten war. Fußball hatte und hat immer noch den Vorteil, dass mit der Ausübung beinahe keinerlei Kosten verbunden waren beziehungsweise sind. Es braucht lediglich einen Platz, Sportschuhe und einen Ball und natürlich so viele Jugendliche, dass man – je nach Platzgröße – zwei Mannschaften zusammenbekommt. Wie sich die Verbauung von Innenhöfen auf eine mögliche sportliche Betätigung auswirkt, bleibt abzuwarten. Bleibt immerhin noch die Möglichkeit, sich einem Verein anzuschließen, was allerdings für viele SchülerInnen höherer Schulen oft ein zeitliches Problem darstellt.

Die Tatsache, dass sich Pradl von einem Arbeiterviertel zu einem sozial breit gefächerten Stadtteil entwickelt hat, ist sicherlich auch darin begründet, dass wichtige Teile der Infrastruktur bestehen blieben, ja sogar ausgeweitet bzw. modernisiert worden sind. Bestes Beispiel dafür ist der Rapoldipark. Von der Fläche her ist diese grüne Oase sicher drei- bis viermal so groß wie zur Zeit meiner Kindheit. So gibt es jetzt zum Beispiel einen für Kinder attraktiven Ententeich, viel mehr Spielgeräte für die Kleinen und Kleinsten und sogar eine Liegewiese für die vielfach zugezogenen Studenten bzw. für alle, die gerne nach der Arbeit im Park die Seele baumeln lassen wollen. Dazu kommen noch ein Kiosk mit einem kleinen Gastgarten und, am Eck zur Defregger Straße, eine kleine Außenstelle des Leipziger Hofes, mit Blick auf die drei Grazien inmitten jenes Springbrunnens, den es von allem Anfang an in dieser Form gab. Es darf aber auch nicht verschwiegen werden, dass diese Wohlfühloase in den letzten Jahren auch zunehmend als Zufluchtsort für Drogendealer, Drogensüchtige und sonstige randständige Gruppen genutzt wurde, die sich dort in der warmen Jahreszeit buchstäblich ansiedeln, was natürlich mit den Interessen für Kinder und Erholungsbedürftige schwer vereinbar ist.

Das Hallenbad ist wohl nicht mehr die „Duschkabine“ der Pradler wie einst, aber das braucht es auch nicht mehr zu sein. Dafür gibt es aber, wie bereits ausgeführt, ein eigenes Becken für Kinder und ältere Menschen, ein leicht vergrößertes Schwimmbecken und einen großzügig angelegten Saunabereich. Auch das Freibad Tivoli erfreut sich immer noch größter Beliebtheit, ohne dass sich viel verändert hätte, mit Ausnahme der Erweiterung nach Westen, wo Sandvolley- und andere Ballspielplätze eingerichtet wurden. Im Gegenzug dafür musste südlich ein recht breiter Streifen als Fläche für das neue Hotel Ramada und einige Geschäftsgebäude abgegeben werden, sodass die Fläche insgesamt in etwa gleich geblieben ist. Gerade im Sommer „leben“ manche Pradler sicherlich immer noch im Tivoli, indem sie täglich am Morgen dorthin pilgern und bis in die Abendstunden der Sonne frönen. Andere kühlen sich nach einem anstrengenden Arbeitstag noch im Sprung- oder Rennbecken ab, wofür es eine günstige 14 bzw. 16 Uhr-Karte gibt. Für die Jungen ist das Tivoli immer noch ein äußerst beliebter Treffpunkt, in manchen Fällen vielleicht mit der Aussicht auf mehr.

Die Infrastruktur von Pradl ist – gerade für Kinder und Jugendliche – nach wie vor ausgezeichnet, gibt es hier doch mehrere Kindergärten zur Auswahl, ebenso Volksschulen, zum Beispiel meine ehemalige Leitgeb-Schule oder meine alte Renner-Hauptschule, die sich nunmehr „Neue Mittelschule“ nennt. Sportstätten gibt es auch einige, darunter einen öffentlich zugänglichen Fußballplatz am Rande des Rapoldiparks. In der Wiesengasse stehen den Jugendlichen nun drei Plätze zur Verfügung (früher war es nur einer), und im Eisstadion kann man im Winter nach wie vor im Innen- und Außenbereich seine Runden mit den Schlittschuhen ziehen.

Bleibt abschließend noch eine vor allem das Zentrum des Stadtteils, nämlich die Pradler Straße betreffende Entwicklung zu erwähnen, die derzeit baulich umgesetzt wird: die Verlegung der Straßenbahnlinie 3. Das Scharfe Eck verliert seine historische Rolle, den eben an diesem früheren Wendepunkt fährt die Straßenbahn künftig nicht mehr in die Pradler Straße ein, sondern weiter geradeaus, durch die Defregger Straße ostwärts bis zur Langstraße, wo sie dann in diese in Richtung Norden weiterfährt.

Die neue „Dreier“ biegt ums „Scharfe Eck“ – nicht mehr lange.

Was das für die Pradler Straße bedeutet, kann man sicher noch nicht abschätzen; auf jeden Fall verliert sie gewissermaßen ihr Markenzeichen, mit der Konsequenz, dass der Menschenstrom sich künftig auf die Langstraße verlagern wird. Diese Verlaufsänderung und Streckenerweiterung ist gesamtverkehrstechnisch gesehen sicher zu begrüßen, verbindet sie schließlich die Stadtteile Pradl und Reichenau und gibt so vielen die Möglichkeit, ins Zentrum zu gelangen, ohne auf Bus oder Privatauto angewiesen zu sein. Am Ende dieser Entwicklung soll ja die Verwirklichung des Traums mancher Tiroler Verkehrspolitiker stehen, nämlich ein Verkehrsmittel entstehen zu lassen, das, beginnend in Völs, Innsbruck wieder auf der Schiene mit Hall verbinden soll, wie das bis in die siebziger Jahre hinein ja bereits der Fall gewesen ist. Was das allerdings für das Herzstück von Pradl, die Pradler Straße, bedeutet, bleibt dahingestellt. Will man die bestehenden Geschäfte erhalten, böte sich eine Lösung einer verkehrsberuhigten Fußgängerzone an, womit die Pradler Straße vielleicht sogar wieder zu der früher so beliebten Einkaufsstraße werden könnte.

Wenn man nun ein Resümee zieht, so lässt sich feststellen, dass aus dem ursprünglichen Arbeiterviertel Pradl ein sozial stärker durchmischter, lebendiger und sowohl für junge Paare und deren Kinder als auch für ältere Menschen in den Wohn- und Altersheimen attraktiver Stadtteil entstanden ist, in dem große und gravierende bauliche und damit infrastrukturelle Veränderungen anstehen, die natürlich der Modernisierung des Stadtteils geschuldet sind, von denen aber auch zu befürchten ist, dass sie den ursprüngliche Charakter des Stadtteiles vor allem durch eine größere Verbauungsdichte nicht nur positiv beeinflussen werden. Das ändert aber nichts daran, dass die zu begrüßenden Veränderungen Pradl letztlich als einen Stadtteil erhalten werden, in dem es sich immer noch zu leben lohnt.

Mein Dank geht an:

Meinen ehemaligen Kollegen Felix Muigg, der die Erstfassung Korrektur gelesen hat.

Clelia-Marie Beck, die die aktuellen Fotos bearbeitet hat.

Meinen Sohn David Wallinger, der die aktuellen Fotos gemacht hat.

Den Direktor des Stadtarchivs Dr. Lukas Morscher, der mich zur Veröffentlichung ermuntert und den Kontakt zum Verlag der Wagner'schen Universitätsbuchhandlung hergestellt hat.

Den Stadtteil Pradl, in dem ich aufwachsen durfte und der mich zu diesem Text inspiriert hat.

Für mehr Informationen oder Kontakt zum Autor:
Home: www.josef-wallinger.at
E-Mail: josef.f.wallinger@gmail.com

DER AUTOR

Josef Wallinger, Geburtsname Dampf, wurde am 14. Mai 1957 in Innsbruck als Sohn von Fritz und Gertraud Dampf geboren und verbrachte die ersten achtzehn Lebensjahre in der elterlichen Wohnung im Stadtteil Pradl.

Der Autor ist seit mehr als dreißig Jahren Lehrer an der Bundeshandelsakademie und – handelsschule Hall in Tirol, an der er Deutsch, Englisch und Ethik unterrichtet. Im Jahr 2004 brachte Josef Wallinger sein erstes Buch mit dem Titel „Von Osttirol nach Paraguay – auf den Spuren des Großvaters“ heraus, nachdem er im Rahmen eines Sabbaticals zum ersten Mal Kontakt zu der paraguayischen Familie des inzwischen bereits verstorbenen Großvaters aufgenommen und verschiedene Quellen zu dessen Auswanderung ausgewertet hatte.

Inhaltsverzeichnis

Eva Caroline Strohmar

Wahre Kriminalgeschichten aus Innsbruck

Hubert Flattinger

Kindheit in Hötting

Gernot Zimmermann

Eine Million Kilometer durch Innsbruck

www.wagnersche.at

Markus Koschuh

Olympisches Dorf

Kleinstadt im Weltdorf

Bernd Schuchter

Aufwachsen in Innsbruck

Martin Kolozs

Die Bischöfe von Innsbruck

www.wagnersche.at

Kennen auch Sie Innsbruck noch aus vergangener Zeit und möchten darüber berichten? Oder haben Ihre Eltern oder Großeltern Erinnerungen an Innsbruck aufgeschrieben? Dann schicken Sie uns Ihre Geschichten in schriftlicher Fassung zu. Wir freuen uns über jedes eingesandte Manuskript und sprechen gerne mit Ihnen über eine Publikation in dieser Reihe!

Kontakt:
Verlag der Wagner'schen Universitätsbuchhandlung
c/o Universitätsverlag Wagner
Erlerstraße 10
6020 Innsbruck
E-Mail: manuskripte@studienverlag.at